인생의
단무지 법칙

16년 자기계발 스토리

인생의
단무지 법칙

16년 자기계발 스토리

행운둥빠 지음

도서출판 **더로드**
The Road Books

프롤로그

나를 성장시킨 것은 성공이 아니라 실패였다

"둥빠님, 성공하셨네요."

2020년을 마무리하는 11월의 어느 날, 함께 투자 공부를 하는 지인이 나에게 성공했다고 말해서 놀랐다. 살면서 내가 성공과 가까운 일을 했던 적이 몇 번이나 있었는지 돌아보니 성공보다는 실패를 많이 했던 사람이었다. 그런 내가 다른 사람의 눈에 '성공한 사람'으로 비쳤다니 신기했다. 그동안 내 마음을 갈기갈기 찢어놨던 실패들이 주마등처럼 스쳐 지나갔다. 수없이 좌절하고 눈물을 흘렸다. 그러나 나는 포기하지 않았다. 악으로 깡으로 버티며 치열하게 살았다. 그 시간을 돌이켜 보니 온몸에 전율이 느껴졌다.

나는 아직 '성공'의 정의를 명확하게 내리지는 못했다. 어떤 삶이 성공한 것인지 모르겠다. 내게 성공했다고 말한 그 지인의 기준에서는 성공했다고 볼 수도 있다. 한 가지 확실한 것은 40대의 행운등빠는 20대보다는 성장했다는 것이다. 나를 성장시켜준 것은 성공의 경험이 아니라 실패의 경험이었다. 지금은 그 실패들이 감사하다. 실패가 아니라 성공을 위한 과정이었다고 말하는 것이 맞을 것 같다.

많은 책에서 실패는 성장의 밑거름이라고 말한다. 20~30대에 더 많이 실패하라고 한다. 지금은 그 말을 이해할 수 있다. 하지만 그 당시에는 실패가 싫었다. 너무 무서웠다. 큰 실패를 경험하면 가슴이 아팠다. 힘들었다. 누군가에게 기대고 싶었다. 남들은 편한 길로 쉽게 가는 것 같은데 내 앞에 펼쳐진 길은 왜 이렇게 항상 가시밭길인지 원망스러웠다.

"세상 편하게 살았을 것 같은데 우여곡절이 많았네요."

내 실패 스토리를 들은 분들은 대부분 이렇게 말씀하신다. 내 인생은 절대 편하지 않았다. 오히려 일반 사람들보다 힘들게 살아온 편이다. 내가 편하게 살았을 것으로 생각하는 사람들이 많은 것을 보니 지금은 내가 어느 정도 그들이 생각하는 성공에 가깝게 온 것 같기도 하다.

나의 실패 경험들이 누군가에게는 꿈과 희망을 줄 수 있다는 것을 알게 됐다. 20대에는 원하는 목표를 위해 도전하고 깨지며 시간의 무게를 깨달았다. 30대에는 평범한 직장인이자 가장으로 가족과 관련된 큰 아픔을 겪으며 이름의 무게를 알게 됐다. 하지만 시간과 이름의 무게에 짓눌리지 않고 행동과 의지의 무게를 들어 올렸다. 이론보다는 직접 몸으로 부딪치고 넘어지며 깨달은 것들이다.

우리는 살면서 다양한 무게를 견뎌야 하고 때로는 그것을 들어 올려야 한다. 시간, 이름, 행동, 의지, 삶. 이 무게에 짓눌려 살아지면 나의 인생이 사라지게 된다. 그렇다면 어떻게 이것들을 들어 올릴 수 있을까? 40년간 내가 경험해보니 특별한 요행은 없다. 단무지! 단순, 무식, 지속! 이게 가장 확실한 방법이다. 이것저것 재지 말고 단순하게! 미련할 정도로 무식하게! 꾸준히 지속! 이렇게 하면 무엇이든 달성할 수 있다. '단무지 법칙'은 내가 16년간 자기계발을 하며 깨달은 인생을 원하는 방향으로 사는 가장 확실한 법칙이다. 수많은 실패를 겪으며 '인생의 단무지 법칙'을 만들어 가는 나의 힘겨운 과정을 나누는 것이 누군가에게는 도움이 될 것이라는 마음으로 이 책을 쓰게 되었다.

1장 〈시간의 무게〉에서는 20대 대학생 때 1만 시간의 법칙을 두 번이나 적용한 이야기를 다뤘다. 한 번은 실패하는 방향으로 한 번은 성장하는 방향으로 1만 시간의 법칙을 썼다. 군대에서 인생의 터닝 포인트를 만들었고 그 이후로 성장하는 시간을 쌓았다.

2장 〈이름의 무게〉에서는 직장, 가정에서 요구하는 여러 역할에서 중심을 잡지 못하는 평범한 30대 직장인 남성의 고충을 썼다. 보통 사람들이 잘 겪지 않는 해외 생활에서의 실패 경험도 담겨져 있다. 그리고 눈물을 흘리며 선택한 나의 인생 방향에 대해서도 다뤘다.

3장 〈행동의 무게〉에서는 16년 동안 새벽 기상과 자기 계발을 하며 얻은 성공 습관과 성장하는 행동을 만드는 노하우에 대해 썼다.

4장 〈의지의 무게〉에서는 인생을 살며 묵묵하게 자신이 정한 길을 갈 수 있게 해주는 굳은 의지에 관해 이야기했다.

5장 〈삶의 무게〉에서는 앞으로 다가올 실패와 주어진 삶의 무게를 느끼며 평생 성장하고자 하는 나의 계획을 밝혔다.

책을 쓰기까지 오랜 시간 망설였다. 내 이야기에 사람들이 귀를 기울여줄까 걱정스러운 마음에서였다. 라면 받침대로 쓰이는 책 중에 한 권으로 남는 것이 아닐까 걱정되기도 했다. 무엇보다 회사에서 나에게 불이익을 주지 않을까 하는 두려움도 있었다. 그것 때문에 가족에게도 피해가 가는 것이 아닐까 생각했다.

오랜 시간 고민했지만 결국은 나를 드러내야 한다는 것을 인정했다. 나의 흔치 않은 실패 경험들과 그것을 이겨낸 이야기가 아품을 겪고 있는 사람들에게 힘을 줄 수 있다면 그것으로 만족한다. 이 책이 삶의 무게에 눌려 힘들어하는 사람들에게 희망이 되고, 단무지 법칙으로 무거운 삶의 무게를 들어올리길 바란다.

2021년 여름
행동하는 운명을 만드는 다둥이 아빠
행운둥빠

차
례

프롤로그

나를 성장시킨 것은 성공이 아니라 실패였다　　　　　5

1장

시간의 무게

1　SKY 대학 도전기　　　　　　　　　　　15

2　엉뚱한 1만 시간의 법칙　　　　　　　20

3　실패한 인생 vs 훌륭한 사람　　　　25

4　한번 미친 듯이 해보자　　　　　　　31

5　내 인생의 터닝 포인트　　　　　　　37

6　1만 시간의 재도전　　　　　　　　　43

7　뒤늦게 이룬 SKY　　　　　　　　　　49

8　12년 시간의 무게　　　　　　　　　　55

2장

이름의 무게

1 깨어져 버린 꿈, 워라밸   65

2 쌍둥이 낳아라   72

3 육아 방학 실패   79

4 야반도주   83

5 사우디에서의 기러기 생활   89

6 가장 두려운 것   94

7 육아휴직   99

3장

행동의 무게

1 나에게 새벽 기상이란   105

2 목적이 있는 새벽 기상   109

3 완벽한 준비   113

4 행동하는 운명   117

5 선택과 집중   120

6 과유불급   125

7 친구 따라 강남 간다   130

8 인복(人福)   135

4장

의지의 무게

1   살아지면 사라진다   143
2   나중에 밥 먹자   147
3   강의 중독   152
4   설명과 증명   158
5   마지막 태권도 시합   164
6   6개월 만에 20kg 감량한 이야기   172
7   진짜 실력   177
8   치열한 취침 알람   182

5장

삶의 무게

1   나도 꼰대?   189
2   티끌은 원래 보이지 않는다   195
3   장애물을 피하는 법   203
4   편한 삶 vs. 불편한 삶   207
5   나를 비웃는 사람들   210
6   평생계획   214

에필로그
단무지 법칙, 72의 법칙

219

PART 1

시간의 무게

1

SKY 대학 도전기

　나는 학창 시절 공부를 잘하는 편이었다. 초등학교 때부터 여러 수학경시대회에서 수상도 했다. 중학교 때는 전교 1등도 하고 꾸준히 상위권을 유지하였다. 특히 수학과 과학에 재능이 있었다.

　고등학교 진학을 앞두고 과학고와 외고를 놓고 고민을 하다가 학원선생님께 외고가 분위기가 좋다는 이야기를 듣고 외고를 선택했다. 매일 싸움이 벌어지는 정글 같은 남중에서 3년을 보내다 보니 여학생들과 어울리고 싶은 마음도 있었다. 그런데 외고에 가서 보니 공부해야 하는 과목들이 나랑 너무 안 맞았다. 머리는 이과인데 외고는 문과에 특화된 과목들이 너무 많았다. 전공 언어 하나를 가지고도 독해, 청해, 회화 등으로 나눠서 가르치고 시험을 봤다. 문과 위주의 과목들이 70~80% 정도 되었다. 나에게는 정말 쥐약이었다.

공부해야 하는 과목들도 나랑 잘 맞지 않았는데 여학생들과 경쟁을 해야 했다. 여학생들이 있으면 면학 분위기가 좋다고 해서 들어갔는데 여학생들이 내게 걸림돌이 되었다. 여학생들은 특히 내신에 강했다. 남학생들은 경쟁 자체가 되지 않았다. 나는 남학생 중에서는 계속 2등을 유지했는데 여학생까지 합친 통합 성적은 중간 정도밖에 되지 않았다. 어차피 성적은 과별로 통합해서 나왔다. 전교생이 아니라 과별로 성적이 결정되니 등수가 1등만 떨어져도 내신에서 엄청난 타격이었다. 내가 다닌 과는 70명 정도밖에 되지 않았다. 결국 대학 진학할 때 내신이 발목을 잡았다. 내가 외고에 입학하기 직전에 비교내신제가 폐지되었는데 나한테는 불리했다.

특목고 비교내신제는 공부 잘하는 학생들이 많이 모여 있어서 내신에서 불리한 특목고 학생들을 위해 만든 제도로 대학 입학 시 약간의 가점을 받을 수 있는 제도였다. 그런데 형평성에 어긋난다고 비교내신제가 폐지되었다. 특목고 학생들한테는 엄청난 타격이었다.

내신도 불리할 수밖에 없는데 하필 내가 봤던 수능 시험은 역대급으로 쉽게 출제되었다. 정말 물수능이었다. 대학 수학능력시험이 도입된 이래 가장 만점자가 많이 나왔던 수능 시험이었다. 주변 친구들도 모의고사보다 대부분 40~50점 정도 점수가 올라갔다. 나는 항상 만점을 받던 수학에서 한 문제 틀렸다. 그것도 굉장히 쉬운 문제였다. 가채점할 때 옆에서 지켜보던 동생이 이렇게 말했다.

"이거 3번 아니야?"
"어? 그럴 리가? 4번 아닌가?"

다시 가만히 들여다보니 내가 잘못 풀었다. 그 문제는 고2 동생도 눈으로 풀 수 있을 만큼 쉬운 문제였다. 어이가 없었다. 이런 문제를 틀리다니. 한 번도 하지 않았던 실수를 하필 가장 중요한 수능 날 하다니. 정말 치명적이었다.

나는 SKY(서울대, 고려대, 연세대) 이외의 대학은 관심도 없었다. 당연히 갈 거라고 믿고 있었다. 물론 내 수능 점수도 그렇게 낮지는 않았지만, 상대적으로 다른 친구들의 점수 증가폭보다 적게 올랐다. 여기에 내신까지 발목을 잡았다. 당시 내 점수로도 SKY 대학 중하위권 학과에는 당연히 갈 수 있었지만 나는 경영, 경제 쪽으로 가고 싶었다. 담임 선생님은 원서를 써주려고 하지 않았다. 선생님은 안정 지원하라고 하셨다.

"네 점수로는 거기 못 가. 더 낮춰서 지원해."

예전에는 대학원서 접수를 본인이 인터넷으로 하는 시스템이 아니었다. 담임 선생님께서 수기로 작성해주시면 우편으로 접수하거나 대학 원서접수창구에 방문해서 직접 접수해야 했다. 경쟁률도 실시간으로 공개되지도 않았다. 결국, 담임 선생님 말씀을 따라야 했다.

SKY 대학은 지원조차 하지 못했다. 하향 지원을 하고 보니 나보다 낮은 점수의 다른 반 친구는 SKY 중상위권 학과에 합격했다. 정말 많이 아쉬웠다. 아무튼, 나는 특목고 비교내신제 폐지, 역대급 물수능, 담임 선생님의 하향 지원 권유 등의 삼단 콤보를 맞으며 생각지도 않았던 대학에 입학하게 되었다. 내 기준에서는 대학 입시 실패였다. 부모님을 비롯한 친척들도 모두 실망했다. 그렇게 나는 내가 꿈꾸던 대학 진학에 실패하고 말았다.

내신이 좋지 않아 재수를 선택할 수도 없는 상황이었다. 특목고 가점이 없는 상태에서 또 수능을 봐도 불리한 것은 마찬가지였다. 그래도 아쉬운 마음에 대학교 1학년을 다니면서 수능을 한번 더 봤다. 다시 본 수능은 전년도 물수능으로 교육부가 엄청 욕을 먹어서 그런지 역대급 불수능으로 나왔다. 너무 어려워서 1교시 언어영역이 끝나자마자 짐을 싸서 나가는 수험생도 많았다. 그해 수능 점수는 다들 엄청나게 하락했다. 50~100점씩 떨어진 친구들이 많았다.

나는 대학 입학 원서조차 쓰지 않았다. 이번에는 수능이 너무 어려워서 그런지 다들 하향지원했다. 나중에 알고 보니 서울대 법학과도 미달이었다. 내 점수는 그렇게 낮은 점수가 아니었다. 대부분 50~100점씩 떨어졌는데 나는 40점 정도만 떨어졌으니 상대적으로 잘 본 것이었다. 미친 척하고 서울대 법대에 원서만 냈으면 합격할 수 있었을 텐데. 나는 아예 원서를 넣지 않았는데 다들 하향지원했다니 어이가 없었다. 마치 운명의 장난 같았다.

'그냥 이 학교 다니는 운명인가 보다.'라고 생각했다.

운명을 받아들이기로 하고 나는 다시 학업을 시작했다. 두 번 시도한 나의 대학 입시는 그렇게 실패로 끝나고 말았다. 그래도 대학이 인생의 전부는 아니라는 말을 믿었다. 인생 역전의 기회가 있으리라 생각했다. 두 번째 수능마저 실패로 끝난 대학교 1학년 겨울방학, 부모님의 권유로 나는 행정고시를 준비하기 시작했다.

2

엉뚱한 1만 시간의 법칙

행정고시 합격은 부모님의 꿈이었다. 두 분 모두 집안 형편이 어려워서 대학을 가지 못했다. 특히 아버지는 장남이어서 동생들의 학비 마련에 당신의 월급을 모두 보태야 했다. 두 분 모두 고등학교를 졸업하자마자 9급 공무원으로 직장생활을 시작하셨다. 어떻게 이렇게 똑같은 분들이 만났는지 부모님은 공부를 잘하셨는데 돈이 없어서 대학을 가지 못하셨다. 어머니는 항상 전교 1등을 놓치지 않고 학생회장까지 하는 엘리트였다고 했다. 아버지도 항상 전교 2등을 하셨다고 했다. 이런 분들이 돈 때문에 대학을 못 갔고 고시는 볼 기회조차 없었으니 굉장히 아쉬우셨나 보다. 장남인 내게 거는 기대가 컸는데 내가 SKY 대학 진학에 실패하자 바로 행정고시를 권하셨다.

"행정고시에 합격하면 학벌 세탁을 할 수 있어."
"행정고시에 합격해서 5급 사무관으로 시작하면 국가에서 해외 유학도 보내줄 거야."

나는 원래 고시보다는 해외 유학을 가서 공부를 더 해보고 싶었다. 박사 학위도 받고 교수가 되고 싶었다. 굳이 고시 공부를 한다면 행정고시보다는 사법고시에 도전하고 싶었다. 부모님은 사법고시는 나중에 정치 바람을 많이 타니 행정고시를 하라고 계속 권유하셨다. 어쨌든 집안이 유학을 보내줄 형편도 안 되고, 행정고시에 합격하면 내가 원하는 유학도 나라에서 보내준다고 하니 부모님 말씀을 따랐다.

고시는 하루에 최소 12~14시간씩 공부를 해야 한다. 그런데 행정고시를 시작할 1학년 겨울방학 무렵에 처음으로 여자 친구가 생겼다. 다행히(?) 고시 준비를 같이 하는 친구였다. 그런데 이 여자 친구가 툭하면 헤어지자고 하고 말도 안 되는 일로 화를 냈다. 싸움이 아니라 일방적으로 내가 당하는 상황이었다. 그런 상황에서 공부가 될 리 없었다.

여자 친구는 예민한 성격이었는데 고시 공부까지 하다 보니 스트레스가 얼마나 많았을까. 지금 생각해보면 그걸 모두 나한테 풀었던 것 같다. 무차별 폭격을 맞고 결국 헤어짐을 당한 나는 그 당시 유행했던 '스타크래프트'라는 게임으로 스트레스를 풀었다. 밤새 게임만 해댔다. 공부는커녕 아무것도 할 수 없는 나락으로 빠져버렸다. 온종일 게임만 해댔다. 무슨 프로게이머가 된 것처럼 미친 듯이 게임을 했다. 나중에 내가 스타크래프트라는 게임에 얼마나 시간을 쓴 것인지 계산을 해봤다.

스타크래프트에 1만 시간을 쓰다.

1 게임당 평균 30분
약 25,000게임(10,000승 2,500패 아이디 2개, 승률 80%)
25,000게임 × 0.5시간 = 12,500시간

이 엄청난 법칙을 게임에 적용했다. 내가 생각해도 어이가 없었다. 그러니 스타크래프트 실력은 준프로에 가깝게 올라갔다.

그러다가 여자 친구와 화해하면 화해 기념으로 같이 또 놀러 갔다. 고시생이 연애하는 것도 모자라 게임은 물론 TV도 보고 영화도 보고… 이게 무슨 고시생인가. 무늬만 고시생이었다. 21살부터 휴학까지 하면서 3년을 그렇게 보냈다. 당연히 고시는 1차에서 세 번 모두 다 떨어졌다. 2차 시험장은 가보지도 못했다. 군대도 안 갔다 왔고 그렇다고 고시를 제대로 한 것도 아니고 대학을 제대로 다닌 것도 아닌 상태로 그렇게 나는 24살이 되었다.

"실패한 인생."

군 입대를 앞두고 아버지께서 나에게 했던 말이었다. 아버지께 그런 말을 대놓고 들으니 정말 슬펐다. 고등학교 때까지는 집안의 기대주였는데 대학 입시 실패, 고시 실패. 계속 실패만 했다.

나에게는 나보다 1살 어린 남동생이 있었다. 내가 외고에 가서 내신 때문에 고생하는 것을 보고 동생은 일반 남자 고등학교에 보냈다. 고모부께서 선생님으로 계셨던 남학교였는데 고모부 덕분에 동생은 관리를 잘 받았다. 재수를 하긴 했지만, 서울대에 4

년 전액 장학생으로 입학했다. 내가 고시를 시작하고 2년 차가 되던 해였다. 부러웠다. 분명 나보다 실력이 낮았던 녀석이었는데 고등학교 선택을 잘해서 서울대에 갔다. 이제 집안 친척들이 모이면 온통 동생 얘기밖에 하지 않았다. 서울대 전액 장학생, 대학 전공과 수석. 동생은 승승장구했다. 부모님도 이제 누구를 만나도 동생 이야기만 하셨다. 내 이야기는 한마디도 하지 않으셨다.

3년 동안 고시를 하며 나는 고향 집에는 가지 않게 되었다. 고등학교 때까지만 해도 나보다 실력이 떨어졌던 동생과 비교되는 것이 싫었다. 온통 동생 자랑과 칭찬만 하는 부모님과 주변 사람들을 보는 것이 싫었다. 자격지심이었다. 그래도 인정하기 싫었다. 내가 선택한 고등학교였다. 수능도 내가 제대로 못 본 것이었다. 내가 제대로 못해 놓고 괜히 잘나가는 동생을 시기하고 부모님께 그 화살을 돌렸다. 알량한 자존심만 남아있어서 점점 가족들과 멀어졌다. 나는 실패한 인생이었으니까.

3년의 고시 생활은 논 것도 아니고 그렇다고 공부를 열심히 한 것도 아닌 어정쩡한 상태로 흘러갔다. 하루하루 살아지다보니 나는 고시촌에서 사라지게 되었다. 24살이라는 늦은 나이에 군 입대를 앞둔 패배자였다.

3

실패한 인생 vs 훌륭한 사람

나는 실패한 인생이었다. SKY 대학 진학도 실패했고, 대학교 1학년 겨울방학부터 3년간 준비했던 고시에도 실패했다. 입대 전 아버지께 "실패한 인생"이라는 말까지 들었다. 고시는 그만두고 군대에 가기로 마음먹었다. 입대하기 전 시간이 조금 생겨 고시준비로 그동안 놀지 못했던 것을 만회하기 위해 열심히 놀았다.

태어나서 처음으로 스키장에 갔다. 스노보드를 타려면 먼저 넘어지는 법부터 배워야 한다. 그런데 스노보드 강사는 넘어지는 법을 가르쳐주지 않았고, 어쩔 수 없이 대충 배우고 바로 타기 시작했다. 당연히 많이 넘어졌다. 넘어지면서 손으로 바닥을 계속 짚으니 손목이 아프기 시작했다. 또 넘어지려는 찰나 아픈 손목 대신 팔꿈치로 바닥을 짚었다. 그 순간 왼쪽 어깨가 뒤로 돌아갔다.

'어깨가 왜 저기에 가 있어?'

이상한 위치에 어깨가 있었다. 정말 고통스러웠다. 말로 표현할 수 없는 고통이었다. 뭔가 잘못되었다는 것을 알고 어깨를 어떻게든 돌려보려고 했다. 툭! 하는 느낌과 함께 어깨는 제자리로 돌아왔다. 그렇지만 통증은 여전히 심각했다. 처음 간 스키장인데 패트롤에 실려 내려왔다.

집에 돌아와 병원에 가니 의사 선생님은 그냥 살짝 삐끗한 거 아니냐고 물어보셨다. 이상했다. 분명 나는 팔이 정상적인 위치에 있지 않은 경험을 했는데 의사 선생님은 살짝 삐끗한 정도로만 생각했다. 그래서 간단한 물리치료만 받고 말았다. 젊어서 그런지 몇 주 치료를 받으니 정상적인 생활을 할 수 있을 정도가 되었다.

첫 번째 부상 이후 두 달 정도 지났을 무렵, 동생과 농구를 하다가 또 사고가 났다. 리바운드하려고 점프해서 공을 잡았는데 동생이 공을 확 잡아챘다. 같이 잡고 있던 내 왼손이 공에 딸려갔다. 그러면서 왼쪽 어깨가 또 뒤로 돌아가 버렸다.

"악!!!"

나는 소리를 지르며 농구장 바닥에 나뒹굴었다. 너무 아파서 그 이후로는 소리도 못 질렀다. 다들 놀랐다. 내 어깨가 왜 저기가 있나 싶었나 보다. 지난번 스키장에서처럼 다시 어깨를 돌리려고 시도했다. 툭! 하는 느낌과 함께 이번에도 제자리로 돌아가는 느낌이 났다. 통증은 여전히 심했지만 어깨가 정상적인 위치로 오니 조금은 살 것 같았다. 택시를 타고 바로 응급실에 갔다. 응급실 의사는 엑스레이를 찍어보더니 또 탈구는 아닌 것 같다고 했다. 빠진 어깨는 혼자 끼워 넣을 수 없다며 아무런 조치 없이 그냥 돌려보냈다.

3일 뒤, 동생과 함께 학교에 갔다. 동생은 여자 친구와 함께 갈 곳이 있다며 나한테 본인 스쿠터를 운전해서 집으로 가달라고 부탁했다. 사흘 전에 어깨를 다쳤고 스쿠터는 진짜 위험하다는 것을 알기에 정말 천천히 몰고 집으로 가고 있었다. 학교 정문 앞에서 U턴을 하고 있는데 차선을 잘못 진입한 승용차가 갑자기 차선을 변경하며 나를 들이받았다. 정말 재수 없게 같은 차선을 가던 버스와 내가 겹쳐진 상황에서 승용차도 눈길에 살짝 미끄러졌다. 운전자가 당황하며 차선을 변경하다가 버스에 가린 나를 제대로 못 보고 들이받은 것이다. 하필 사흘 전에 다친 그 왼쪽 어깨에 정통으로 부딪쳤다.

"으악~~!!!"

나는 길바닥에 나뒹굴고 말았다. 어깨가 끊어지는 느낌과 세상이 빙빙 도는 느낌. 운전자가 차에서 내려 나와 스쿠터를 끌고 인도로 갔다.

"병원에 가시죠."

운전자는 내게 병원에 가자고 했다. 어깨는 아프고 머리는 어지럽고 정신없는 와중에 나는 정말 황당한 생각을 했다.

'부모님이 아시면 혼날 텐데…'

어깨를 다쳐서 어차피 병원에 다니고 있으니 내일 병원에 가보겠다고 대답했다. 나는 그냥 사고처리 없이 마무리하고 싶었다. 정말 멍청했다. 운전자는 내 전화번호를 달라고 했다. 핸드폰에 내 전화번호를 찍어주고 집에 왔다. 여기서 더 바보 같은 건 내 번호만 찍어주고 '통화' 버튼을 눌러 내 핸드폰에 전화를 걸지 않았다는 것이다. 그 운전자는 그날 이후로 연락이 없었다.

나는 아픈 어깨를 부여잡고 힘겹게 집에 돌아왔다. 그런 고통은 살면서 처음이었다. 밤새 신음했다. 잠도 못 자고 있다가 날이 밝자마자 병원에 갔다. 의사 선생님은 그제야 MRI를 찍자고 했다. MRI 결과를 받아보니 스키장과 농구장에서 내 어깨는 탈골된 것이 맞았다. 석 달 사이에 내 왼쪽 어깨는 완전 박살나고 말았다. 두 번의 탈골과 한 번의 교통사고. 같은 어깨를 세 번이나 연속으로 다쳤다. 신이 원망스러웠다.

"대학 실패, 고시 실패도 모자라서 이제는 어깨 병신까지 만드십니까."

왜 이런 시련과 고통이 나에게 왔는지 도저히 이해할 수 없었다. 내가 그렇게 잘못 살았나 싶었다. 무슨 죄를 지었다고 정신적 고통도 모자라 육체적 고통까지 같이 주는지 화가 났다. 의사 선생님은 어깨를 수술하면 군대는 면제라고 했다. 입대는 석 달 뒤였다. 그런데 아버지는 나와 생각이 달랐다.

"훌륭한 사람이 되려면 군대에 가야 한다."

아버지는 나를 고위 공무원으로 만들어야겠다는 생각을 계속 가지고 계셨다. 3년 동안 고시를 하다가 실패한 내게 '실패한 인생'이라고 하셨던 분이 실패한 인생에게 왜 '훌륭한 사람'을 기대하는지 이해할 수 없었다. 두 번이나 어깨가 탈골되고 교통사고로 팔도 못 움직이는 아들을 아버지는 군대에 밀어 넣으셨다. 수술이 필요한 팔인데 물리치료만 받으니 당연히 회복되지 않았다. 그렇게 팔을 움직이지도 못하는 상태로 나는 군대에 갔다.

어깨를 못 움직이는 상태로 논산 훈련소에서 훈련받는 모습

4

한번 미친 듯이 해보자

나는 카투사로 입대했다. 카투사(KATUSA; Korean Augmentation To the United States Army)는 대한민국 육군이다. 미군의 지휘체계 아래에 훈련받고 미군과 함께 생활하지만, 인사권은 대한민국 육군이 가지고 있다. 즉, 휴가, 승진 등은 한국군과 동일하다.

사실 군대는 어디나 힘들다. 다들 자기가 있던 부대가 가장 힘들다고 피를 토하며 이야기하지 않나. 카투사도 힘들기는 마찬가지다. 실제로 미군과 함께 훈련해보면 제대로 알게 될 것이다. 흔히 말하는 FM(Field Manual)이다. 한국군보다 더 체계적이었다.

카투사는 다른 일반 한국군 훈련병과 함께 5주간 논산 훈련소에서 훈련을 받고, 카투사 교육대(KTA; KATUSA Training Academy)에서 따로 3주간의 후반기 교육을 받는다. 나는 세 번의 어깨 부상으로 팔을 움직이지 못하는 상태에서 논산훈련소에 입소했다.

훈련을 제대로 따라가기 힘들었다. 팔굽혀 펴기는커녕 걸을 때 앞뒤로 팔을 흔드는 것도 못 했다. 그래도 이를 악물고 훈련을 받았다. 다른 훈련은 열외 없이 잘 버텼는데 포복이 문제였다. 포복은 팔에 바로 체중이 실리기 때문에 쉽지 않았다. 결국 옆으로 기는 포복을 할 때는 열외가 되었다. 훈련에 참여하지 못하고 옆에 서 있던 내게 중대장이 다가왔다.

"그것도 못 하냐? 약해 빠져서 열외 했냐??"

인격모독을 느낄 정도로 심한 욕을 듣자 나도 모르게 눈물이 흘렀다. 어깨를 다치기 전까지 일반인 중에서는 운동을 잘한다고 자부하고 있었다. 그런데 이제는 포복도 못 하는 몸이 되어 버렸다. 나 자신이 싫었다. 허망했다. 원하는 대학 입학에도 실패, 고시도 실패하고 다소 늦은 나이에 군대에 왔는데 몸도 망가져 버렸다. 왜 내 몸이 이렇게 망가졌는지. 누굴 원망해야 하는지. 아버지께서 내게 하신 말씀이 떠올랐다.

"실패한 인생"

눈물이 흐르는 정도가 아니었다. 펑펑 울었다. 성인이 되고 나서 그렇게 펑펑 운 것은 처음이었다. 나의 모습에 당황한 중대장은 왜 그러냐고 물었다. 울면서 내 어깨 부상에 관해 설명했다. 중대장은 본인도 습관성 탈골이 있다고 이야기했다. 육군사관학교 시절 럭비부로 활동할 때 많이 다쳤단다. 중대장의 뒤늦은 위로는 소용없었다. 그냥 나 자신이 너무 싫었다. 답답했다. 훈련 내내 어깨 때문에 제대로 참여를 못한 내가 한심했다. 그때 흘린 눈물은 16년이 지난 지금도 생생히 기억난다.

그래도 포복 열외 한 번을 제외하고는 모든 훈련을 꾸역꾸역 소화했다. 논산훈련소에서의 5주간의 훈련을 다행히 큰 문제없이 마무리하고, 3주간의 후반기 교육을 받으러 카투사 교육대(KTA)로 이동했다. 카투사 교육대에 입소하는 날, 정문을 통과하는데 갑자기 이런 생각이 들었다.

'내가 이 카투사 교육대에서의 3주는 한번 미친 듯이 해보자!'

왜 이런 생각이 들었는지는 모르겠다. 논산훈련소에서의 포복 열외와 눈물이 영향을 줬던 것 같기도 하다.

카투사 교육대에서의 훈련은 4개의 분대로 나눠서 진행되었다. 분대당 교관은 2명이었다. 한국인 교관, 미국인 교관 한 명씩이었다. 집합해서 멀뚱멀뚱 서 있는데 우리 분대를 맡았던 한국인 교관님이 말씀하셨다.

"여기서 본인이 운동 좀 한다고 생각하는 사람 손들어 봐!"

나는 아무 생각 없이 손을 들었다. 어깨 부상 전에는 운동을 좀 한다고 생각하고 있었다. 태권도 선수, 무에타이 선수를 하면서 체력 하나는 자신 있다고 생각했다. 주위를 둘러보니 나만 손을 들었다.

"그럼 일단 네가 분대장 해. 단, 3일 뒤에 PT 테스트를 하는데 거기서 1등 한 훈련병으로 분대장은 바꾼다."

카투사 교육대(KTA)에서의 PT 테스트 모습

그렇게 얼떨결에 임시 분대장이 되었다. PT 테스트는 ① 팔굽혀 펴기, ② 윗몸 일으키기, ③ 2마일(약 3.2km) 달리기로 구성되어 있었다. 팔굽혀 펴기는커녕 팔도 제대로 못 움직이는 내가 제대로 테스트를 받을 수 있을지조차 모르는 상황이었다. 다행히 논산훈련소에서부터 살살 팔굽혀 펴기 연습은 하고 있었지만 할 때마다 계속해서 어깨 통증이 심해졌다. 논산에서는 10개도 하기 힘들었고, 카투사 교육대에 와서도 처음에는 30개도 겨우 했다. 이런 상태에서 과연 제대로 테스트를 받을지 의문이었다. 그래도 이를 악물고 연습했다. 수시로 팔굽혀 펴기를 했다. 임시 분대장이긴 했지만 나 혼자 손을 들어서 된 것이었다. 잘못해서 교체되면 완전히 망신당할 판이었다.

3일 뒤, PT 테스트 날이 되었다. 어깨는 여전히 아팠다. 죽기 살기로 했다. 통증이 이기나 내가 이기나 겨뤘다. 어차피 이미 망가진 어깨. 통증이 조금 더 있다고 크게 달라질 것도 없었다. 그냥 했다. 팔굽혀 펴기는 2분에 70개 넘게 했던 것 같다. 윗몸 일으키기는 2분에 90개 정도. 2마일 달리기는 13분 정도였다. 결과는 내가 1등이었다.

사흘 만에 내 어깨가 다 나은 것이 아니었다. 악으로 깡으로 하니 된 것이다. 결국 나중에 자대에 가서는 어깨 수술을 받았다. 그 아픈 어깨로 PT 테스트에서 1등을 한 것이다. 사람이 하고자 하면 무엇이든 다 할 수 있다는 것을 깨닫기 시작한 순간이었다. 변화의 시작이었다.

나중에 들었는데 카투사 교육대의 분대장들은 보통 똑똑한 훈련병들을 많이 뽑는다고 했다. 그런데 우리 분대를 맡았던 한국인 교관님과 미국인 교관님은 운동 잘하는 사람이 리더십도 있다고 생각하셨다. 다른 시각을 가지고 계셨던 교관님들을 만난 것이 내 인생을 바꾸게 된 계기가 되었다.

5

내 인생의 터닝 포인트

카투사 교육대에는 SKY 대학, 하버드, 예일대 등 슈퍼 엘리트 출신이 많았다. 그들의 부모도 대부분 상류층이다. 의사, 변호사, 교수, 고위 공무원들이다. 나는 SKY 대학 출신도 아니고 부모님도 고졸의 말단 공무원부터 시작한 평범한 집안의 자식이었다. 게다가 나는 훈련병 중에 영어도 가장 못 했다. 토익도 간신히 700점을 넘겨 카투사 지원 자격만 겨우 갖췄다. 다행히 카투사 선발은 추첨이어서 운이 좋았다. 토익 점수가 높은 순서대로 뽑았으면 나는 당연히 떨어졌을 것이다.

카투사 교육대의 모든 교육은 영어로 진행되었다. 토익 700점을 간신히 넘기 내가 당연히 알아들을 리가 없었다.

"렙, 렙, 렙, 라이~"

처음에는 무슨 말인지 못 알아들었다. 나중에야 알았다.

"왼발, 왼발, 왼발, 오른발"을 말하는 거였다. 이런 구호도 못 알아들을 정도로 영어를 못 했다. 이런 상황에서 내가 분대장이 된 것이다. 교관님들께 지시를 받고 분대원들에게 전달해야 하는데 잘못 전달하는 경우가 많았다. 지시를 받는 분대장이 못 알아들으니 우리 분대는 엉뚱한 곳에 가서 서 있는 경우가 허다했다. 정말 난리도 아니었다. 분대원들과 교관님들이 모두 나 때문에 엄청나게 고생했다. 그때 생각을 하면 지금도 미안하다.

카투사 교육은 PT, 사격 등 몸으로 하는 교육만 있는 것이 아니라 군사 기본 지식 등의 이론 교육에다가 시험까지 쳤다. 분대장이 된 나는 공부할 시간이 절대적으로 부족했다. 영어도 못 알아듣는데 공부할 시간마저 없으니 도저히 안 되겠다는 생각이 들었다. 카투사 교육대 문을 들어서면서 했던 다짐이 떠올랐다.

"3주 동안 미친 듯이 해보자."

일과가 끝나고 불이 꺼지면 책을 들고 화장실로 갔다. 불을 켤 수 있는 곳이 화장실밖에 없었다. 2시간 정도 화장실에서 공부하고 기상나팔이 울리기 1시간 30분 전에 일어나 또 화장실에서 공부하고 씻고 모든 준비를 마쳤다. 기상나팔이 울리면 나는 분대원들의 준비를 도와야 했다. 그렇게 다른 전우들이 자는 시간에 나는 화장실에서 2~3시간씩 부족한 공부를 했다.

진심은 통한다고 했던가. 나 때문에 그렇게 고생하면서도 분대원들은 나를 싫어하지 않았다. 부족한 능력에도 불구하고 열심히 노력하는 나의 모습을 보고 잘 따라줬다. 오히려 잘 도와줬다. 그렇게 3주가 흘러 카투사 교육대 수료식이 다가왔다.

수료식 전날 밤이었다. 미국인 교관님이 나를 조용히 부르셨다. 교육 초기에 나를 분대장으로 뽑은 것을 후회했다고 말씀하셨다. 내가 교관이었어도 후회했을 것이다. 운동 좀 잘한다고 뽑아놨더니 지시사항을 제대로 못 알아들어서 분대 전체가 우왕좌왕하는 모습을 지켜보면서 얼마나 화가 났을까.

"You were terrible. (너 정말 최악이었어)"라고 말씀하셨다.

맞다. 나는 정말 최악의 교육생이었다. 인정하고 받아들였다. 그런데 갑자기 우리 분대가 전체 1등을 했다고 말씀하셨다. 그리고 내가 Distinguished Honor Graduate이라고 했다.

'Distinguished Honor Graduate?'

또 못 알아들었다. 마지막까지 못 알아듣고 멀뚱히 서 있으니 내가 1등 졸업생으로 뽑혔다고 했다. Distinguished Honor Graduate(DHG)은 1등 졸업을 말하는 것이다. 영어를 못하니 그런 것을 뽑는지도 몰랐다. 아마 오리엔테이션 시간에 설명을 해 줬을 것이다. 내가 못 알아들은 것일 수도 있다. 애초에 나는 그런 것을 뽑는 줄도 몰랐다. 나는 나와의 다짐을 지키기 위해서 열심히 한 거였다.

그리고 교관님은 이번 카투사 교육 기수가 마지막이라고 하셨다. 본인이 카투사 교육대 교관으로 오랜 기간 있으면서 1등 분대는 종종 만들어 봤지만, Distinguished Honor Graduate를 만들어 본 것은 처음이라고 하셨다.

"마지막으로 좋은 선물, 그것도 '분대 1등'과 '교육생 1등'을 동시에 만들어 줘서 정말 고맙다."

교관님의 그 마지막 문장은 똑똑히 알아들을 수 있었다. 그 순간을 생각하면 지금도 눈물이 난다. 몸에 전율이 느껴진다. '실패한 인생'이었던 내가, 어깨도 못 움직이는 내가, 하버드 수석, 예일대, 수많은 SKY 출신의 엘리트들보다 우수하다는 평가를 받았다. '지덕체'를 모두 갖춰야만 하는 카투사 교육대에서 Distinguished Honor Graduate, 1등 졸업생이 되었다.

카투사 교육대를 1등 졸업하며 받은 '실버 드래곤'

이 경험이 내 인생의 터닝 포인트가 되었다. 이때 깨달았다.

'아! 나라는 사람도 노력하면 되는구나! 사람은 노력하면 무엇이든 이룰 수 있구나!'

사람은 그냥 노력이 아니라 사력(死力)을 다하면 무엇이든 다 해낼 수 있다. 이걸 깨닫고 나니 인생이 달라졌다.

카투사 교육대 수료식에 오신 아버지가 나를 바라보셨다. 실패한 인생이었던 큰아들이 당당하게 앞에 나가 선서를 하고 상을 받는 모습을 지켜보셨다. 그 이후로는 나에게 실패한 인생이라는 말씀을 하지 않으셨다. 이제 아버지도 더 이상 내가 실패한 인생이라고 생각하지 않으신다.

1만 시간의 재도전

카투사 교육대에서 인생의 역전 드라마 같은 일을 경험한 이후 나는 다른 사람이 되었다. 계속 실패만 하다가 처음으로 값진 성공을 경험하며 마인드가 완전히 바뀌었다. 사람은 바뀐다. 노력하면 무엇이든 이룰 수 있다! 입대 전에는 아버지께 "실패한 인생"이라는 말까지 들었다. 패배주의에 빠져서 나는 뭘 해도 아무것도 안 된다고 생각했다. 그런데 막상 해보니 됐다. 나보다 뛰어난 친구들보다 더 독하게 노력하니 그들을 뛰어넘었다. 그 경험을 통해 인생관이 180도 바뀌었다.

자대에 가서도 세 가지 목표를 세우고 모두 이뤄냈다. 영어, 독서, 몸짱 이 세 가지 목표를 정하고 열심히 노력했다. 영어는 입대 전까지만 해도 제대로 알아듣지도 못했는데 전역할 때쯤엔 자연스럽게 영어로 대화를 할 정도가 되었다. 700점대였던 TOEIC 점수도 900점이 넘었다. 입대 전에는 1년에 책 1권을 읽을까 말까였는데 군대에서만 100권이 넘는 책을 읽었다. 독서 습관이 생겼다. 열심히 몸을 만들어서 몸짱도 되었다. 아쉽게도 지금은 아니지만…

2년간의 군대 생활을 정말 알차게 보냈다. 그리고 다시 사회로 돌아올 때쯤 국회에서 비서관으로 일하던 대학 선배가 국회로 들어오라는 제안을 했다. 비서관을 거쳐 보좌관이 되는 길을 가보자고 했다. 부모님께 말씀드리자 여전히 행정고시를 다시 하면 좋겠다고 하셨다. 그 당시 나는 26살이었고 다시 고시 준비를 하면 최소 2~3년 정도는 공부만 해야 했다. 28~29살까지 또 고시생이 되어야 했다. 행정고시 1차가 PSAT(Public Service Aptitude Test, 공직적격성 테스트)라는 시험으로 바뀌어 처음부터 다시 준비해야 했다.

나는 국회에 가서 일을 배우겠다고 했지만 부모님은 반대하셨다. 의견 차이가 있던 와중 어머니로부터 장문의 손편지가 왔다. 아직 젊으니 다시 고시를 하면 좋겠다는 내용이었다. 어머니께 그렇게 장문의 손편지를 받아본 것은 훈련소에 있던 시절 이후 처음이었다. 1~2장짜리 짧은 편지가 아니었다. A4 용지 4장을 꽉 채운 편지였다. 그런 편지를 받으니 다시 고시를 시작하지 않을 수 없었다. 나는 착한 아들이었다. 그렇게 군대를 전역하며 다시 신림동 고시촌으로 들어가 두 번째 고시 공부를 시작하게 되었다.

예전에는 무늬만 고시생이었는데 군대에서 인생의 터닝 포인트를 만들며 다른 사람이 된 나는 새롭게 고시에 도전했다. 이번에는 절대 실패할 수 없었다. 그리고 굳은 결심을 했다.

'절대로 여자 친구를 사귀지 않겠다! 이번 고시 준비기간 동안 여자 친구를 사귀면 무조건 떨어진다.'

첫 번째 도전에서 실패한 근본적인 원인은 바로 '연애'였다. 나라는 사람은 여자 친구가 있으면 흔들리고 집중을 못 한다는 것을 알았다. 절대로 여자 친구를 사귀지 않겠다고 굳게 결심하고 두 번째 고시에 도전했다. 연간, 월간, 주간, 일일 공부 계획을 세우고 미친 듯이 집중하며 계획을 실행해 나갔다. 연간 공부 계획을 세우며 매월 공부해야 하는 과목을 배분했다. 월간 진도를 짜고 일주일 단위로 계획을 세웠다.

주간 일정
1) 월요일 ~ 토요일 오후 : 공부
2) 토요일 저녁 ~ 일요일 오후 : 휴식 (취미 활동)
3) 일요일 저녁 : 공부 (2~3시간)

일과
5:00 기상, 헬스장 이동

5:30~6:30 운동

6:30~8:00 아침 식사, 샤워, 독서실 이동

8:00~12:00 오전 공부 (4시간)

12:00~13:00 점심 식사, 산책

13:00~18:00 오후 공부 (5시간)

18:00~19:00 저녁 식사, 산책

19:00~23:00 저녁 공부 (4시간)

23:00~24:00 샤워 및 취침

평일은 하루 12시간 내외로 공부했다. 13시간으로 하루 공부 일과가 되어 있지만, 스톱워치로 측정하다 보면 로스타임이 발생한다. 중간에 10~20분 정도 쉴 때도 있어서 1시간 정도는 빠진다. 주말에는 토요일 8시간, 일요일 2시간으로 나눠서 공부했다. 일요일을 온전히 쉬게 되면 월요일에 다시 시작하는 것이 힘들어서 일요일 저녁부터는 다시 워밍업 차원의 공부를 시작했다. 이렇게 3년을 공부하니 1만 시간의 법칙을 다시 달성하게 되었다. 이번에는 제대로 했다.

주중 : 12시간/일 × 20일(1개월) × 12개월 × 3년 = 8,640시간

주말 : (토요일 8시간 + 일요일 2시간) × 52주 × 3년 = 1,560시간

총 10,200시간

유혹이 없었냐고 물어보는 사람들이 많이 있었다. 왜 없었겠는가. 중간에 유혹이 많았다. 한 번은 연예인 소개팅도 들어왔다. 연예인 소개팅이라 호기심에 나가볼까 하고 3초 정도 흔들렸다. 결국 안 하겠다고 거절했다. 고시 공부가 끝날 때까지 절대로 여자친구를 사귀지 않겠다는 나와의 약속을 어길 수 없었다. 그래도 결정하는 그 3초는 정말 힘들었다.

연예인 소개팅도 거절할 만큼 굳은 의지로 3년 동안 정말 올인했다. 근데 결국 떨어졌다. 29살 중반까지 준비했는데 실패했다. 내가 군대에 있을 때 행정고시 1차 시험이 PSAT라는 시험으로 바뀌었다. 책을 느리게 읽는 나한테는 정말 안 맞는 시험이었다. 차라리 예전처럼 헌법, 행정법, 행정학, 경제학 이런 시험이었으면 합격했을 수도 있다. 예전 시험은 그냥 단순 암기여서 꾸준히 오래 앉아서 공부하면 됐다.

바뀐 PSAT라는 시험은 직무적성능력 시험인데 지문이 너무 길었다. 1과목에 40문제였는데 나는 20문제 정도밖에 못 풀었다. 지문 읽다가 시간을 다 보내었다. 속독 공부도 해보고 암산 연습도 해보고 할 수 있는 건 다 해봤는데 안 됐다. 반밖에 못 푸니 떨어질 수밖에 없었다. 어떤 이유도 다 핑계다. 안다. 떨어진 자의 비겁한 변명이다. 나는 실력이 부족해서 1차 시험에 계속 떨어졌다. 1차 시험에서 3번이나 고배를 마시며 29살을 맞이했다. 내 나이,

부모님 나이가 걸림돌이었다. 결국 29살의 늦은 나이에 두 번째 고시 도전도 실패했다.

그렇지만 첫 번째 도전 때와는 다르게 1만 시간의 법칙을 제대로 사용했다. 폭발적으로 성장했다. 제대로 공부하는 법을 알게 되었고, 무엇보다 엄청난 끈기가 생겼다. 한 번 앉으면 3~4시간 이상 일어나지 않고 공부할 수 있게 되었다. 각 과목에 대한 이해는 물론 그것을 현실에 적용하고 해석도 할 수 있는 실력까지 얻었다. 다른 친구들에게 가르쳐줄 수 있는 수준까지 됐다.

비록 고시에는 실패했지만 두 번째 고시 도전은 인생에서는 엄청난 성장을 경험하게 해줬다. 1만 시간의 법칙을 제대로 해보니 사람 자체가 레벨 업이 되었다. 나한테는 두 번째 고시를 준비했던 그 지루했던 3년이 정말 소중한 시간이었다. 군대에 이어 인생의 또 다른 밑거름이 되었다.

7

뒤늦게 이룬 SKY

29살의 다소 많은 나이였지만 대학원에 가고 싶었다. 대학에 입학하면서부터 미국에 유학 가서 박사학위까지 받고 싶었다. 행정고시는 대학교 1학년 때 부모님의 권유로 시작한 것이었다. 부모님께서 중앙부처 공무원인 5급 사무관으로 시작하면 국비로 유학을 갈 수 있다고 해서 시작했다. 결국 두 번째 고시 도전도 실패로 끝나고 말았다. 나는 늦었지만 원래 원했던 유학을 가고 싶다고 부모님께 말씀드렸다.

"이제 우리도 곧 은퇴다. 10년 동안 고시 공부 뒷바라지했는데 이제 와서 또 대학원 가고 유학까지 가면 우리가 언제까지 네 뒷바라지를 해야 하느냐. 이제 그만 취업해라."

20대는 부모님의 뜻을 따라 10년 동안 고시 공부를 했다. 많은 것을 포기했다는 이야기다. 30대에도 내가 원하는 방향의 삶을 살지 못하면 평생 후회하고 부모님을 원망할 수도 있겠다는 생각이 들었다. 30대는 내가 원하는 대로 살고 싶었다. 결국 부모님 몰래 대학원 시험을 보러 갔다. 처음으로 부모님 뜻을 따르지 않았다.

고시 공부를 헛한 것은 아니었다. 대학원 시험을 별도로 준비하지도 않았는데 대학원에 합격했다. 그것도 우리나라 최고라고 하는 대학원이었다. 29살이라는 늦은 나이에 다시 공부를 하게 되었다.

30대는 드디어 내가 원하는 삶을 살 수 있게 됐다는 생각에 기뻤다. 대학원에 진학해 미국 유학을 준비했다. 이때 나보다 먼저 대학원까지 마치고 취업했던 엘리트 동생이 갑자기 결혼을 하겠다고 했다. 동생은 사회 초년생이었으니 당연히 모아놓은 돈이 없었다. 부모님께 신혼집을 장만해야 하니 1억 원을 달라고 했다. 고지식했던 우리 부모님은 뒤통수를 제대로 맞았다. 당신들이 부모님의 도움 없이 맨손으로 시작했기 때문에 자식들도 취업만 하면 알아서 결혼할 줄 알았는데 당장 1억 원을 달라고 하니.

동생의 신혼집 장만 비용 1억 원 때문에 1차 충돌이 있었다. 당시 아버지는 이미 은퇴를 하셨다. 1억 원이 있을 리가 없었다. 부모님은 어떻게든 대출을 받아서 동생에게 5,000만 원은 주겠다고 했다. 동생은 무조건 1억 원을 달라고 했다. 대학교 4년 동안 전액 장학금을 받았고 과외를 해서 용돈을 많이 아꼈으니 1억 원은 받아야 한다는 것이 동생의 논리였다.

이 와중에 상견례를 했다. 나도 참석했다. 의례 하듯이 한정식 집에 모여 "자식 잘 키우셨습니다." 덕담을 주고받았다. 우리 아버지께서 대뜸 말씀하셨다.

"결혼식은 대전에서 하겠습니다."

사돈어른들의 표정이 굳었다. 내 동생도 당황했고 예비 신부도 표정이 일그러졌다. 당연히 동생네와 사돈어른들은 서울에서 결혼할 것으로 생각하셨나 보다. 순간 침묵이 흘렀다. 나는 분위기가 굉장히 이상하다는 것을 느꼈다. 우리 부모님만 모르셨던 것 같았다. 일단 상견례 자리에서는 결혼식 장소 문제로 논쟁이 없었다. 상견례 이후부터가 문제였다.

동생과 부모님이 싸우기 시작했다. 동생은 언제 대전에서 결혼하기로 했냐고 부모님께 따졌다. 예전부터 본인 결혼은 서울에서 할 거라고 부모님께 계속 얘기했다고 했다. 동생 말에 의하면, 당시에는 분명 부모님이 서울에서 결혼해도 된다고 대답하셨다고 했다. 부모님은 먼 미래의 일이라 심각하게 안 받아들이셨던 듯하다. 그래서 동생네는 이미 서울 결혼식장을 계약하고 계약금까지

지불한 상태였다.

부모님은 동생이 서울에서 결혼하는 것에 대해서는 들은 바 없다고 했다. 집안의 첫 결혼이고 당신들의 터전인 대전에 지인들이 있기 때문에 무조건 대전에서 해야 한다고 밀어붙였다. 동생과 부모님의 싸움은 거의 매일 2시간 넘게 지속됐다. 동생과 예비 신부의 싸움도 계속됐다. 나는 중간에서 중재를 시도했다. 동생이 부모님과 싸우고 나면 부모님과 통화해서 동생 사정을 설명하고, 동생한테는 부모님 입장을 이해시키려고 노력했다. 내 유학 준비는커녕 대학원 생활도 제대로 하기 힘들었다. 몇 달 동안 싸움을 지속하니 서로가 점점 지쳐가기 시작했다. 동생은 상견례 이후 어떤 결혼 준비도 진행할 수 없었다. 당연히 예비 신부와의 사이도 틀어졌다. 부모님은 혈압이 올라서 병원에 다니기 시작하셨다. 부모님이 화병으로 돌아가실 수도 있겠다고 생각했다.

결혼식 장소도 문제지만, 당장 1억 원이나 되는 돈을 어떻게 마련해야 할지도 걱정이었다. 집안이 정말 난리가 났다. 이게 이렇게까지 되어야 하는 일인지 모르겠다고 생각했다. 그냥 한쪽에서 양보하면 될 텐데 다들 고집을 꺾지 않았다. 동생, 예비 신부, 부모님 모두가 본인들 입장에서만 얘기했다. 중간에 있는 나만 곤란했다.

대학원 수업 듣고 유학 준비로도 시간이 모자랄 판에 집안싸움 중재에 시간을 보냈다. 동생과 이야기하고 나면 부모님과 또 이야기, 그리고 또 동생, 또 부모님… 끝이 없었다. 드라마에서나 보던 일을 내가 겪고 있었다. '이래서 파혼이 나오는구나.'라고 생각했다. 동생네는 파혼 직전까지 갔다. 동생도 거의 포기 상태였다. 현실에서 그걸 직접 겪어보니 정말 어이가 없었다. 난리도 아니었다.

나는 이러다가 부모님께서 쓰러지실까 봐 심각하게 걱정됐다. 결혼식 장소, 신혼집 장만 비용 1억 원. 부모님은 화병이 나서 매일 병원에 다니셨다. 그런 부모님께 내 유학비용까지 지원해달라는 말을 차마 꺼낼 수가 없었다. 알아보니 미국 유학은 학비를 포함한 초기 정착 비용으로 7,000만 원 정도가 필요했다. 부모님은 동생이 신혼집 매수에 필요하다고 한 1억 원도 없어서 대출받으러 은행을 50군데나 돌아다니셨다고 했다. 도저히 내 유학비용은 말할 수 없었다.

20대에는 부모님께서 원하시는 고시 준비를 하며 내 인생을 제대로 못 살았다. 30대는 내가 원하는 길을 가고 싶었다. 그렇지만 이 상황에서 나까지 내 입장만 고집하면 집안이 완전 풍비박산 날 것 같았다.

가족의 건강과 평화 VS. 내 인생의 진로

두 개의 가치를 놓고 심각하게 고민했다. 내가 원하는 삶을 살기 위해 가족의 건강과 평화는 뒷전으로 할 것이냐. 내 진로보다는 가족의 건강과 평화를 우선으로 할 것이냐를 놓고 심각하게 고민했다. 내가 유학을 포기한다고 가족의 건강과 평화가 보장되는 것은 아니었지만, 이 상황에서 내가 유학을 고집하면 가족의 건강과 평화는 깨질 것 같았다. 무엇보다 부모님을 잃을 수는 없었다. 돌아가실 것 같았다. 결국 나는 미국 유학을 포기했다. 내 나이 30살이었다. 나의 의지, 실력과는 전혀 상관없이 나는 미국 유학에도 실패했다. 그렇게 나는 30대에도 내가 원하는 삶을 못 살게 되었다.

그래서 동생 결혼은 어떻게 됐느냐. 결국 동생이 부모님께 용서를 구했고 부모님도 양보해서 서울에서 결혼식을 진행했다. 자식 이기는 부모는 없다. 지금은 결혼해서 아주 잘 살고 있다. 내 유학만 날아갔다.

8

12년 시간의 무게

20대는 부모님께서 원하는 삶을 살아드리기 위해 10년 가까이 고시 준비에 매진했다. 결국 실패했다. 30대는 내가 원하는 삶을 위해 미국 유학을 준비했다. 동생의 결혼 준비로 가정불화가 심해져 미국 유학도 포기했다. 또 실패했다. 내 실력, 의지와 상관없이 이렇게 30대도 내가 원하는 삶을 살지 못하게 되었다.

신세 한탄만 하고 있을 수는 없었다. 석사 졸업 논문을 쓰며 취업 준비를 시작했다. 석사 논문과 취업을 동시에 준비하는 것은 쉽지 않았다. 10년 넘게 고시, 유학 준비를 하느라 취업 준비가 전혀 되어 있지 않았다. 그 흔한 한국사, 컴퓨터 활용능력 같은 자격증도 없었다. 흔히 말하는 스펙이 제로였다. 그 와중에 하필 논문 주심 교수님이 엄청 프라이드가 강하고 깐깐하기로 소문난 분으로 정해졌다. 취업 준비는커녕 논문 준비도 산으로 갔다. 논문을 써 본 사람들은 알 것이다. 최종본을 완성하고도 계속 뒤엎었다.

주심 교수님께서 내 논문에 도장을 안 찍어주려고 했다. 지도 교수님은 괜찮다고 했는데 주심 교수님이 완강하셨다. 미칠 것 같았다. 나는 얼른 졸업하고 취업해야 해서 마음이 급한데, 주심 교수님은 이런 허접한 논문에 본인 도장을 찍어서 내보낼 수 없다고 했다. 내 생각에도 많이 부족한 논문이긴 했다.

같은 주제인데 이론 틀만 바꿔서 세 가지 버전의 논문이 나왔다. 첫 번째 버전을 만드는 것도 힘들었는데 마지막 2~3주 동안에만 논문의 이론 모형을 두 번이나 갈아엎었다. 이제 제출해야 하는 마지막 날이 다가왔다. 그날까지 내 논문을 넘기지 않으면 나는 석사 학위를 받을 수 없었다. 한 학기를 강제로 더 다니면서 논문을 다시 준비해야 하는 상황이 된 것이다. 나는 며칠을 날을 새서 수정하고 또 수정했다.

마지막 날이 되었다. 주심 교수님을 찾아갔다. 드디어 주심 교수님의 도장을 받았다. 보통 석사 논문을 이렇게까지 힘들게 쓰는 경우는 없었다. 박사 논문도 아니고 이렇게 갈아엎고 세 가지 버전으로 준비하고 막판까지 애태우는 경우는 못 봤다. 다른 석사 졸업생들을 봐도 흔치 않은 경우였다. 동기들로부터 위로는 많이 받았다. 위로를 가장한 동정인지도 모르겠다. 우여곡절 끝에 석사 학위를 받았다. 그렇게 나는 정말 고통스럽게 졸업장을 받았다. 당시에는 조금 힘들긴 했지만 돌이켜보니 이때 또 실력이 한 단계

올라갔던 것 같다.

졸업은 했는데 백수가 되었다. 논문 준비하느라 취업 준비는 거의 하지 못했다. 8월 말에 대학원을 졸업하고 보니 바로 하반기 취업 시즌이 시작되었다. 일단 공공기관 취업으로 방향을 정했다. 공공기관은 워라밸이 가능할 것 같다는 생각에서였다. 공고가 나오는 대부분의 공공기관에 지원했는데 서류에서 떨어지는 경우도 많았다.

'나이가 많아서 떨어지나? 전공이 행정학이라 그런가? 나는 경제학을 잘하는데 서류에는 경제학 잘한다고 증명할 방법이 없네. 그래도 나름 석사인데… 왜 떨어지는 거야?'

별의별 생각이 다 들었다. 서류 합격률은 50%가 조금 넘었던 것 같다. 주변에서는 그 정도면 괜찮은 거라고 위로를 해줬지만, 서류에서 두세 번만 떨어져도 자존감은 바닥으로 추락한다. 취준생들은 대부분 경험해봤을 거다.

더군다나 나는 흔히 말하는 스펙이 없었다. 다들 한 번씩 하는 해외연수를 다녀온 적도 없고 이제 겨우 토익, 토익 스피킹, 컴퓨터 활용능력, 한국사, 한자 등 자격증을 하나씩 준비하는 단계였다. 스펙 제로의 31살 늦깎이 취준생이었다. 자존감이 다시 20대

초반의 나락으로 떨어지려고 하고 있었다.

'이렇게 취업도 실패하나?'

사실 나는 취업은 아예 생각을 안 하던 사람이었다. 비록 부모님의 권유로 시작은 했지만 고시 공부를 10년 동안 하면서 5급 사무관을 꿈꿨고, 고시를 접은 후에는 원래 내가 바랐던 미국 유학을 준비했다. 이유야 어떻든 결과적으로 모두 실패했다. 20살 이후 12년 동안 취업에는 전혀 관심이 없었으니 취업 시장에 대한 정보가 전혀 없었다.

9월의 어느 날 A 공공기관의 신입사원 모집공고가 떴다. 나한테는 듣보잡(듣지도 보지도 못한 잡놈) 회사였다. 알아보니 나름 메이저 공공기관이었다. 어떤 일을 하는 회사인지 제대로 알아보지도 않고 아무 생각 없이 지원했다. 지원하니 바로 1차 시험을 보러 오라고 했다. 1차 시험은 필기였다. 경제논술과 직무 논술이었다. 그 회사에는 입사할 생각이 없어서 아무런 준비도 없이 갔다.

경제논술 문제를 보니 고시 공부를 하면서 했던 경제논술에 비해 쉬운 편이었다. 술술 써 내려갔다. 직무 논술은 지문을 읽고 파악해 개조요점식의 보고서 형태로 작성하는 문제였다. PSAT를 통해 긴 지문 파악에는 익숙했다. 대학원 조교로 많은 정부 보고

서를 작성해봤던 경험이 도움 됐다. 별로 어렵지 않게 서술했다.

얼마 뒤 1차 통과라는 연락을 받았다. 2차는 영어 회화 면접이라고 했다. 10월 중순 정도였다. 근데 메이저 금융권 공공기관 1차 시험 날짜인 A매치 데이와 겹쳤다. 나는 금융권 공기업 중에서는 수출입은행과 산업은행 서류에 통과했다. 둘 중 하나를 선택해서 1차 시험을 보러 갈 수 있었다. 나는 수출입은행과 산업은행이 그냥 조금 특이한 은행인 줄 알았다. 너무 무지했다. 둘 다 은행이니 입행하면 카드 같은 것을 팔아야 하는 줄 알았다. 나중에 안 사실인데 수출입은행과 산업은행은 우리나라 최고의 정책금융기관이었다. 연봉도 다른 공공기관들에 비해 훨씬 높은 편이라고 했다. 후회해도 소용이 없었다. 이래서 사람은 공부를 해야 한다는 사실을 다시 한 번 깨달았다.

두 은행의 1차 시험과 A 공공기관의 2차 영어 회화 시험 날짜가 겹쳤다. 은행은 카드를 팔아야 되는 줄 알았던 나는 A 공공기관 2차 영어 회화 시험을 보러 갔다. 카투사에서 영어를 좀 해둔게 있어서 특별한 준비 없이 그냥 가서 봤다. 3차는 직무적성, 인성검사였다. 적성검사는 행정고시 1차 과목인 PSAT의 쉬운 버전이었다. 인성검사는 일관성을 테스트하는 것 같았다. 둘 다 쉬운 문제였는데도 나는 또 다 못 풀었다. 나는 지문 읽는 속도가 많이 느리다. 그래서 3차 인·적성은 문제를 다 못 풀어서 큰 기대를 안

하고 있었는데 최종 면접을 보러 오라는 연락을 받았다. 정답률이 높았나 보다. 아무튼 별로 관심이 없던 회사여서 홈페이지도 안 보고 면접을 보러 갔다.

면접은 세 단계로 나눠서 봤다. ① 발표 및 토론 ② 실무진 블라인드 면접 ③ 임원 면접이었다. 발표와 토론은 학부와 석사 과정 때 수도 없이 많이 해서 쉽게 할 수 있었다. 실무진 블라인드 면접은 모르는 질문이 종종 나왔다. 그냥 모른다고 답한 것도 있었다. 씩씩하고 자신 있게만 대답했다. 임원 면접은 말할 기회가 1~2번 밖에 없었는데 그래도 순발력을 발휘해서 좋은 대답을 했다. 이렇게 모든 전형이 1달 반 만에 모두 진행됐다. 순식간에 지나갔다. 열심히 준비하지 못해서 큰 기대를 하지 않았는데 합격했다는 소식이 왔다.

다른 사람들은 내가 이렇게 제대로 준비를 안 하고 A 공공기관에 들어간 이야기를 하면 자랑하냐고 하지만 그건 나의 시간의 무게를 자세히 모르기 때문일 것이다. 아마 이 책을 읽게 된다면 비로소 나의 합격의 이유를 이해하리라 생각한다. 사실 나는 준비를 안 한 것이 아니라 12년 동안 준비를 하고 있었던 것이다.

파블로 피카소의 시간

아름다운 한 여인이 파리의 카페에 앉아 있는 파블로 피카소에게
다가와 자신을 그려 달라고 부탁했다. 물론 적절한 대가를 치르겠
다고 말했다. 피카소는 몇 분 만에 여인의 모습을 스케치해 주었
다. 그리고 50만 프랑(약 8,000만 원)을 요구했다. 여자는 놀라서
항의했다.

"아니, 선생님은 그림을 그리는 데 불과 몇 분밖에 걸리지 않았잖
아요?"
그러자 피카소가 대답했다.

"천만에요. 나는 당신을 그리는 데 40년이 걸렸습니다."

출처 : 『성과를 지배하는 바인더의 힘』

이 일화에서 여인은 피카소가 단 몇 분 만에 스케치하기 위해
40년간 찢어낸 화폭의 종이 무게와 처절했던 시간의 무게를 짐작
조차 못한 것이다. 나는 A 공공기관에 아무런 준비 없이 들어간
것이 아니다. 10년간의 고시 생활과 2년 동안의 대학원 생활에서
자연스럽게 실력이 쌓여서 가능했다. 남들은 1~2년 하는 취업 준

비를 나는 12년 동안이나 했다.

　대학 입시 실패 2회, 고시 실패 2회, 어깨 부상 3회 등 학창 시절의 수많은 실패를 이겨내고 12년이라는 준비 기간을 거쳐 나는 결국 취업에 성공했다. 12년이라는 시간의 무게는 절대 가볍지 않았다.

12년 시간의 무게

PART 2

이름의 무게

깨어져 버린 꿈, 워라밸

부푼 꿈을 안고 신입사원 교육에 갔다. 30여 명의 동기가 있었다. 신입사원 교육은 한 달 동안 진행한다고 했다. 교육 스케줄을 보니 스케줄이 조금 이상하다. 아침 7시 30분~8시부터 시작해서 밤 10시 30분~11시까지 교육이 잡혀 있었다. 심지어 토요일에도 아침 9시부터 저녁 6시까지 교육이 있었다. 평일에는 밤 10시가 넘어서 교육이 끝나고 집에 돌아오면 거의 12시가 다 되었다. 씻고 자기 바빴다. 분명 공공기관은 오후 6시가 되면 정시 퇴근한다고 들었는데… 나보다 1년 먼저 취업한 내 엘리트 동생도 B 공공기관을 다니는데 대부분 정시에 퇴근했다. 근데 우리 회사 교육 담당자는 우리 동기들과 함께 밤까지 계속 같이 있었다. 뭔가 좀 이상했다. 그때 알아봤어야 했다. 신입사원 교육이라 조금 힘들게 하는 거고 부서 배치를 받으면 괜찮아질 것으로 생각했다.

드디어 힘들었던 신입사원 교육이 끝나고 부서 배치를 받았다.

첫날 저녁 6시가 되었는데 아무도 자리에서 일어날 생각을 하지 않았다. 나는 신입이니 일단 할 일도 없고 들어가라고 하셨다. 눈치는 보였지만 일단 먼저 퇴근했다. 부서 배치 후 2~3주가 지나자 나만 일찍 퇴근할 수 없었다. 주변 사람들은 항상 바빴다. 뭔가 잘못되어 가고 있다는 느낌이 들었다. 저녁밥도 안 먹고 일하다가 저녁 8시에 퇴근하려고 가방을 싸면 주변에서 눈치를 줬다.

"벌써 들어가요?"

이런 말을 몇 번 들으면 퇴근할 수가 없다. 부서 배치 이후 적응해서 주변을 둘러보니 밤 12시~새벽 1시까지 일하시는 분들도 꽤 있었다. 나도 한 번은 다섯 끼를 연속으로 굶고 일한 적도 있었다. 금요일 저녁부터 밥을 못 먹기 시작해서 일요일 밤 11시까지 한 끼도 못 먹고 일만 했다. 일찍 끝날 줄 알았던 일이 계속 안 끝나니 결국 끝까지 밥을 못 먹었다.

'이것만 끝내고 집에 가야지'라고 생각하고 점심도 안 먹고 일을 했지만 결국 밤 12시가 되어서야 일을 끝낼 수 있었다. 집은 잠만 자러 잠깐씩 왔다 가고 주말 내내 제대로 된 밥 한 끼 못 먹고 일을 해야 했다.

화장실도 못 가고 하루 14~15시간을 일하는 건 다반사였다. 공공기관은 분명 오후 6시에 칼퇴근한다고 해서 들어왔는데 야근이 일상이고, 주말 출근도 다반사였다. 바쁜 부서는 주말에도 거의 매일 나왔다. 다행히 나는 덜 바쁜 부서에 배치되어서 그 정도였다. 이 회사에서 워라밸은 불가능했다.

더욱 충격적인 것은 급여였다. 내 통장에 찍힌 월급은 219만 원! 언론에서 공공기관은 급여도 많이 받고 퇴근도 빨리한다고 그랬는데… 분명 철밥통이라고 했는데… 이상했다. 실상은 많이 달랐다.

입사 이후 친구들과의 사이도 안 좋아졌다.

"공공기관인데 뭐 그렇게 바쁜 척하냐? 퇴근하고 밥이나 먹자고 하는데 왜 못 나오냐? 급여가 그렇게 적은 게 말이 되냐? 더 받는 거 있지 않냐?"라고 했다.

내 통장에 찍힌 실수령 급여를 보여줘도 믿지 않았다. 더 받는 게 있지 않냐고 했다. 더 받는 거라고는 고객들의 욕밖에 없었다. 정말 속이 터질 것 같았다. 일반인들이 인식하는 공공기관과 내가 경험하고 있는 실제가 너무 달랐다. 심지어 공무원이셨던 부모님조차 내가 회사 이야기를 하면 이해를 못 하셨다. 그게 말이 되냐고.

그 와중에 회사에서 넘버 3 안에 드는 이상한 상사를 모시게 되었다. 정말 돌아버릴 것 같았다. 업무 강도, 급여에 이어 사람 스트레스까지 회사에서 겪을 수 있는 안 좋은 3가지를 모두 겪으니 아무리 생각해도 이건 아니었다. 평생 이런 직장을 다닐 수는 없다고 생각했다. 그렇다. 나의 회사 선택은 실패였다. 내가 추구했던 직장의 조건과 하나도 맞지 않는 곳이었다. 워라밸도 안되고 그렇다고 급여가 많은 것도 아니고 사람 스트레스까지…

특히, 워라밸이 직장 선택 최고의 기준이었는데 그 기준에 가장 맞지 않아 이직을 결심했다. 입사 후 1년 정도 지난 시점이었다. 지인들이 다니는 회사를 조사하기 시작했다. 분명 사기업이 공공기관보다 업무 강도도 세고 힘들다고 들었는데 들어보니 아니었다. 오히려 사기업이 워라밸을 추구하기에는 좋은 곳들이 많았다.

공공기관에 대한 기대의 산산조각 – 기대는 원빈, 현실은 박휘순

지인들도 이해를 못 했다. 무슨 공공기관이 그러냐고 의아해했다. 마침 대학원에서 야구 동아리 활동을 같이하던 형이 본인 회사가 괜찮다고 했다. 경력직도 뽑는단다. 석사 2년, 직장 1년 경력을 인정받아 경력직 대리로 입사가 가능할 것 같다고 했다. 누구나 이름만 들어도 아는 외국계 회사였다. 회사도 강남에 있고 6시 칼퇴근에 쓸데없는 페이퍼 워크도 별로 없다고 했다. 야근은 1달에 1번 정도 할까 말까라고 했다. 내가 꿈꾸는 삶이었다.

그 형이 준비하라는 대로 이력서를 준비하고 지원했다. 외국계 회사답게 시스템으로 미국 본사에 직접 지원하게 되어 있었다. 모든 절차를 마치고 이제 면접만 남았다. 그 형은 이미 7년 차 과장이었고 회사 내에서도 어느 정도 네트워크가 있었다. 면접에 들어가는 팀장들한테 잘 얘기해줄 수 있다고 했다. 면접은 걱정되지 않았다. 이 거지 같은 공공기관에 멋지게 사표를 던지고 외국계 회사에서 워라밸을 추구하며 일하는 상상을 했다. 그런데 마음이 불편했다.

'이렇게 나가는 게 맞나? 아직 입사한 지 1년밖에 안 됐는데… 혹시 이 회사를 제대로 경험해 보지도 않고 그냥 퇴사하는 게 아닐까? 나는 이렇게 첫 직장 생활도 실패하는 걸까?'

몇 주 동안 고민했다. 면접만 보면 이직을 하게 될 것 같은데 그

싫었던 공공기관에 도대체 무슨 미련이 남아서 이렇게 주저하고 있는지… 그냥 다른 시작을 해야 한다는 것이 두려운 것인지, 미련이 남은 것인지 알 수 없었다. 아내와도 계속 이야기를 했다. 아내는 내 결정을 따르겠다고 했다. 내가 행복해지는 길을 찾으라고 했다.

어떻게 해야 할지, 어떤 것이 옳은 선택일지 알 수 없었다. 생각하면 할수록 더 갈피를 못 잡았다. 다른 사람에게 상담을 받을 수도 없었다. 온전히 내가 책임져야 하는 문제였다.

'그만둘 때 그만두더라도 제대로 경험을 해보고 그만두자. 아직 내가 이 회사를 제대로 모르는 것일 수도 있잖아. 회사에서 큰 사이클은 한 번 경험을 해보자. 제대로 경험을 하고 그래도 아니면 그때 옮기면 되지.'

이런 생각으로 결국 이직을 하지 않았다. 나를 도와줬던 형한테 미안했지만 조금 더 다녀보고 결정하겠다고 했다. 고맙게도 형도 내 결정을 존중해 주었다. 당시 내 결정이 옳은 선택이었는지는 아직 잘 모르겠다. 그때 이직을 했더라면 분명 다른 길을 가고 있었을 거다. 워라밸을 추구하며 행복한 삶을 살았을지, 이직을 선택한 나 자신을 원망하며 살고 있을지 알 수 없다. 한 가지 확실한 것은 지금도 내가 다니는 공공기관은 워라밸이 불가능하다는 것이다.

"해도 후회, 안 해도 후회라면 해보고 후회하라!"

행동을 못 하고 주저하는 사람들에게 하는 조언이다. 일단 행동을 해야 어떤 결과가 나온다. 가만히 있으면 아무 일도 일어나지 않는다. 나는 당시에 이직을 안 한 것이 아니라 내가 다니는 회사를 조금 더 제대로 알아보려고 행동했던 것이다. 지금까지 경험해 보니 이직을 준비하던 시기에 가졌던 생각과 많이 다르지 않았다. 지금도 이 회사의 진짜 모습을 내가 제대로 경험을 했다고 할수 있는지 모르겠다.

한 가지 확실한 것은 직장 생활은 대부분 거기서 거기라는 것이다. 이직해보지도 않고 어떻게 아냐고? 주변의 직장인들을 보니 내가 어떤 회사를 다니는 것이 중요한 것이 아니라 내가 그 회사를 어떻게 다니느냐가 중요했다. 아무튼 결과적으로 내 이직 도전은 실패했다.

2

쌍둥이 낳아라

이직을 포기하고 원래 다니던 직장에 대해 알고 싶어서 더 다녀보기로 했지만 시간이 지나도 마찬가지였다. 회사는 역시나 힘들었다. 회사 생활이 너무 힘들어서 그런지 우리 부부에게는 아이가 생기지 않았다. 결혼 후 2년이 가까워지자 아내도 스트레스를 너무 많이 받았다. 병원에 가서 검진을 받아도 아무 문제가 없다고 했다. 내 회사 생활이 문제인 것 같았다.

결혼 후 만 2년 정도 되는 시점에 어렵게 아내가 임신을 했다. 그렇게 아이 가지는 것이 힘들었는데 한 번에 두 명! 쌍둥이였다. 쌍둥이는 단태아보다 모든 위험성이 2배나 올라간다. 호르몬 때문에 그렇다고 했다. 임신 중에 아내는 고생을 많이 했다. 소양증(몸이 가려운 증상)에 걸려 잠도 제대로 못 자고, 간이 된 음식도 못 먹었다. 소양증이 조금 가라앉으니 이번에는 임신 당뇨에 걸렸다. 또 음식을 조절해야 했다. 매일 미역 줄기 같은 것만 먹었다. 초장,

된장도 없이 생미역 줄기와 다시마 등 해초류를 삶아 먹었다. 매식사 후에는 손가락을 바늘로 찔러 당체크를 했다. 당수치가 올라가면 쇼크가 와서 산모와 태아 모두 위험하다고 했다.

아내는 37주까지 정말 힘들게 뱃속의 아이들을 잘 키웠다. 무사히 쌍둥이들을 만날 수 있었다. 힘든 기간을 모두 버티고 건강하게 아이들을 낳아준 아내에게 정말 감사했다. 하지만 행복감을 느끼는 기간은 그리 오래 가지 않았다.

쌍둥이가 태어난 지 일주일 되는 날, 회사 인사 담당자와 면담을 했다.

"ㅇㅇ씨, 사우디아라비아에 가야겠어."

"ㅇㅇ님, 공과 사를 구별해야 하지만 가정을 돌볼 수 있어야 회사 일도 할 수 있는 것 아닙니까? 쌍둥이가 일주일 전에 태어났습니다. 장모님께서 같이 가셔야 하는데 사우디는 가족 비자가 안 나오니 사우디만 빼고 보내주십시오."

"장모님도 같이 사우디 가실 수 있습니다. 장모님도 비자가 나옵니다."

인사팀 담당자는 장모님도 사우디 비자가 나온다고 했다. 내가 알기로는 사우디는 우리 가족 4명만 비자를 받을 수 있다고 들었는데 이상했다. 기분이 별로 좋지 않았다. 좀처럼 진정이 되지 않았다. 이게 무슨 날벼락인가.

'쌍둥이가 이제 막 태어났는데 진짜 사우디에 가라고 하는 건 아니겠지.'라고 생각했다.

일주일 뒤, 발령이 났다. 사우디였다. 우리 부모님은 난리가 났다. 청와대에 민원을 넣으시겠다고 했다. 부모님을 뜯어말리느라 너무 힘들었다. 쌍둥이가 이제 막 태어났는데 사우디를 가라니! 발령을 되돌릴 수는 없으니 받아들였다. 인사팀에서 장모님 비자가 나온다고 했으니 장모님 비자도 함께 신청했다. 돌아온 답변은 장모님은 비자가 안 나온다는 것이었다.

어떻게 해야 할지 막막했다. 양가 부모님께 쌍둥이를 맡길 수도 없는 상황이었다. 본가는 지방에 있는데 우리 부모님께서는 거동도 불편한 90세가 넘은 할머니를 모시고 계셨다. 어머니는 아직도 직장 생활을 하고 계시고, 처가는 하필 그 타이밍에 장인어른께서 일본으로 발령받아서 해외 이사 중이었다. 본가와 처가 모두 맡길 곳이 없었다. 결국 우리는 쌍둥이를 데리고 다 같이 사우디로 가기로 했다.

신생아 쌍둥이를 돌보는 것도 힘든데 해외 이사 준비까지 하느라 정말 눈코 뜰 새 없이 바쁘게 보냈다. 지옥 같은 사우디로의 이주 준비를 마치고 우리 네 가족은 사우디로 가는 비행기에 몸을 실었다. 쌍둥이가 태어난 지 83일째 되는 날이었다.

이코노미 클래스에서 쌍둥이를 데리고 10시간 가까이 비행기를 탈 자신이 없었다. 회사에서는 이코노미 클래스만 제공해 주었기에 내 돈을 내고 비즈니스 클래스로 업그레이드했다. 300만 원도 넘게 개인 돈을 들여 비즈니스 클래스로 업그레이드했는데 10시간 내내 자리에 앉지도 못하고 서서 갔다. 비즈니스 클래스 기내식도 못 먹었다. 태어나서 처음이자 마지막으로 비즈니스 클래스를 탔는데 밥도 못 먹고 쌍둥이를 안고 서서 갔다.

남들은 즐긴다는 비즈니스 클래스 비행을 우리 부부는 죽기 살기로 버티면서 갔다. 도착하니 새벽 3시 정도였다. 나와 아내는 쌍둥이들을 한 명씩 가슴에 붙이고 가방을 메고 캐리어를 밀며 입국장으로 나갔다. 사우디는 입국 수속을 하는 것부터 쉽지 않았다. 한국과 달리 서비스 마인드가 전혀 없었다. 수속 심사를 하는 직원 옆에 다른 사우디인 동료가 오면 서로 볼 뽀뽀를 해대고 둘이 떠들어 댔다. 사람들이 기다리든 말든 신경도 안 쓰고 자기들끼리 대화하느라 정신이 없었다. 당연히 수속이 느릴 수밖에 없었다.

수속을 마치고 나가니 회사 상사께서 마중을 나와 계셨다. 간단히 인사를 마치고 임시로 머물게 될 게스트 하우스로 갔다. 게스트 하우스는 정말 열악했다. 하루정도 휴식을 취하고 바로 출근했다. 정신이 하나도 없었다. 해외 생활을 처음 하는데 회사 업무도 새로 파악해야 했다. 하루가 어떻게 지나가는지 모르게 지나갔다. 다행히 모셨던 직장 상사가 좋은 분이었다. 저녁 6시만 되면 빨리 퇴근하라고 하셨다. 가서 쌍둥이들 돌보라고 등을 떠밀어 주셨다. 본사에서는 매일 야근했는데 6시에 퇴근하려니 어색했다. 그래도 아내가 쌍둥이들을 혼자 돌보고 있어서 얼른 가야 했다. 후다닥 정리하고 퇴근해 게스트 하우스에 도착하면 아내는 문을 열고 들어오는 나를 보자마자 바로 눈물을 터뜨렸다.

"나 못 하겠어."

아내는 아무도 도와주는 사람 없이 혼자 게스트 하우스 방 안에서 온종일 쌍둥이들과 전쟁을 해야 했다. 가슴에 한 명, 등 뒤에 한 명을 붙이고 하염없이 창밖만 바라봤다고 했다. 내가 언제 퇴근하고 올지 종일 나만 기다렸다. 그러다 내가 퇴근하고 들어오면 바로 울음이 터지는 것이었다.

"아침이 오는 게 무서워."

아내는 해가 밝아오는 것이 무섭다고 했다. 내가 출근하고 없는 낮이… 나도 퇴근하고 오자마자 옷도 못 갈아입고 바로 한 명을 들쳐 안았다. 그때부터 밤새 쌍둥이들과의 전쟁이 시작되었다. 회사에서의 퇴근은 쌍둥이 전투 육아의 시작이었다. 우유 먹이고 트림시키고 똥 닦아 주고… 동시에 일어나면 동시에 일어나는 대로 한 명씩 번갈아 일어나면 번갈아 일어나는 대로 너무 힘들었다. 생지옥이 따로 없었다.

하루에 2시간 이상 잔 적이 없었다. 2시간도 통잠이 아니라 10분, 20분 정도의 쪽잠이었다. 밤새 쌍둥이들과 전쟁을 치렀다. 아내와 내가 쌍둥이들을 한 명씩 안고 방과 복도를 하염없이 걸었다. 걷고 또 걸으며 재우기를 시도했다. 출근해서 종일 정신없이 일하고 저녁부터 아침까지는 쌍둥이들을 돌보니 죽을 것 같았다. 그렇지만 아내는 나보다 훨씬 더 힘들었다. 나는 차라리 회사가 편했다. 내 품에 3kg짜리 생명체는 없으니까. 최소한 내 몸을 자유롭게 움직일 수 있었으니까.

1년 넘게 하루에 2시간 이상 잠을 못 자니 버틸 수가 없었다. 평생 안마시던 커피를 마시기 시작했다. 죽을 것 같았다. 그동안 많은 실패를 겪으며 힘든 일에 단련이 되었다고 생각했는데 쌍둥이 육아는 차원이 달랐다. 교통사고, 고시 생활, 마라톤 이런 건 쌍둥이 육아에 비하면 아무것도 아니었다. 내가 이 세상에 태어나 겪었던 모든 고통의 총합보다 더 컸던 것 같다. 정신적, 육체적으로 힘든 정도가 아니라 정말로 죽을 것 같았다. 진짜 이러다 죽겠다는 생각을 수시로 했다. 나중에 들은 이야기인데 쌍둥이를 키웠던 다른 부부의 남편은 쌍둥이 육아가 너무 힘들어서 자살 시도까지 했다고 한다. 쌍둥이 육아는 상상이다. TV에서 보여주는 쌍둥이 육아는 다 허상이다. 절대 그런 영상이 나올 수가 없다. 내 허리도 이 시기부터 점점 망가지기 시작했다.

그 시절 나는 누가 밉거나 욕을 하고 싶으면 속으로 이렇게 말하게 되었다.

"쌍둥이 낳아라."

3

육아 방학 실패

사우디에 도착하는 날부터 1년 넘게 하루 2시간도 못 자면서 쌍둥이들을 돌보며 정말 지옥 같은 시간을 보냈다. 우리 쌍둥이들이 유독 밤에 잠을 안 잔 건지, 애들도 사우디라는 나라에 적응을 못 한 것인지 모르겠다.

사우디라는 나라는 정말 살기 힘들었다. 이런 나라에 어린 쌍둥이와 아내를 데리고 와서 살아야 하는 것이 정말 싫었다.

'내가 회사 생활을 그렇게 잘못했나? 나름대로 열심히 한 것 같은데… 퇴근을 너무 빨리했나? 왜 나를 사우디에 보냈지? 죽으라는 건가?'

별의별 생각이 다 들었다. 특히 아내에게 정말 미안했다. 이직할 기회를 버리고 버틴 결과가 사우디 발령이라니. 객관적으로 봤을 때 능력 있는 직원을 사우디에 보내지는 않는다. 나중에 안 사실이지만 나는 원래 사우디가 아니라 조금 괜찮은 나라에 가는 것으로 되어 있었다고 했다. 밝힐 수 없는 이유로 사우디로 바뀐 것이었다. 알고 나니 좀 억울하긴 했다.

사우디에 간 지 8개월 정도 지났을 무렵 한국에 출장 갈 일이 생겼다. 우울해하는 아내를 한국에 잠시 데려갈 수 있는 좋은 기회였다. 한국이 이렇게 살기 좋은 나라인 줄 몰랐다. 미국이나 유럽 등 선진국에 사는 분들도 한국에 오면 그렇게 한국이 좋다고 하는데 나는 살기 어려운 사우디에 있다 한국에 와서 그런지 더 좋게 느껴졌다.

출장 일정을 마치고 아내와 쌍둥이들을 일본에 주재원으로 나가 있는 처가에 데려다 놨다. 아내에게 독박 육아에서 잠시 벗어날 기회를 주려고 했다. 아내와 쌍둥이를 처가에 두고 나만 혼자 사우디로 복귀했다. 한두 달 정도 처가에서 장모님 도움을 좀 받으며 쉬는 것이 아내에게 정신적, 육체적으로 좋을 것 같았다. 아내가 싫어하겠지만 솔직하게 말하자면 아내와 쌍둥이 없이 나 혼자 지내고 싶어서였다.

'드디어 자유다! 이 얼마만의 자유시간인가? 운동도 하고 책도 보면서 결혼 전의 우아한 싱글 라이프를 즐겨야지!'

아내와 쌍둥이가 없는 첫 번째 주말은 주재원과 교민들로 구성된 축구 동호회에 나갔다. 이 얼마만의 축구인가. 축구든 뭐든 그냥 운동을 마음껏 할 수 있다는 것 자체가 좋았다. 몸을 풀고 운동장으로 나가 처음으로 공을 멋지게 빡! 찼다. 그런데 허리가 이상했다. 삐끗한 것 같았지만 공 한 번 차고 집에 돌아갈 수는 없었다. 이 얼마만의 자유 시간인가. 소중한 시간을 허리 좀 삐끗했다고 포기할 수는 없었다.

2시간 동안 통증을 참으며 열심히 그라운드를 누볐다. 골도 넣고 신이 났다. 그날 밤 허리가 끊어질 것처럼 아프기 전까지는. 분명 심각한 문제가 생긴 것이었다. 누울 수도 일어날 수도 없었다. 너무 고통스러웠다. 입대 전에 어깨 교통사고를 당했을 때보다 더 아팠다.

큰일이었다. 침대 밖으로 나올 수도 없었다. 날이 밝아 왔지만 출근을 할 수가 없었다. 8개월 동안 밤새 쌍둥이를 안고 잠도 못 자면서 허리가 많이 약해진 상태였는데 그것도 모르고 축구공을 차다가 허리가 뒤틀린 것 같았다. 신호가 왔을 때 바로 쉬었으면 이렇게까지 악화되지 않았을 수도 있었을 것이다. 오랜만에 운동 좀 해보겠다는 욕심에 2시간 동안 참으며 뛰다가 허리가 아예 망가져 버렸다.

침대 밖으로 나오는데 30분 이상 걸렸다. 허리를 아예 움직일 수 없으니 옷도 제대로 입을 수 없었다. 어떻게 출근 준비를 했는지 기억도 나지 않는다. 그냥 허리가 너무 아팠다는 사실과 침대에서 일어나 준비하는데 한 시간 이상이 걸렸다는 것밖에… 앰뷸런스에 실려 갔어야 하는 상황이었는데 사우디라서 앰뷸런스 부를 수도 없었다. 너무 무서웠다. 아픈 허리를 부여잡고 일단 출근했다.

출근해서 사정을 말하고 현지 직원의 도움을 받아 곧바로 병원으로 갔다. 다행히 뼈에는 이상이 없다면서 그냥 약만 주었다. 사우디 병원은 정말 열악하다. 걷기는커녕 아예 움직이지도 못하는 환자한테 약만 주다니. 나는 아내가 돌아올 때까지 혼자서 더 고통스러운 생활을 이어가야 했다. 꿈꾸던 싱글 라이프는 하나도 즐기지 못한 채…

이렇게 사우디에서 혼자만의 자유로운 첫 방학도 이렇게 실패했다. 우아한 싱글 라이프에 대한 기대는 허리 부상으로 또 이렇게 산산이 조각나고 말았다.

4

야반도주

사우디에 있는 동안 나는 허리를 계속 다쳤다. 쌍둥이 육아를 하면서 아이들을 안고 1년 넘게 밤을 새우니 허리에 무리가 갔다. 그러다 보니 지금도 허리와 골반이 좋지 않다.

1년 7개월 정도 지나자 쌍둥이들이 밤에 조금씩 잠을 자기 시작했다. 유독 우리 애들이 밤잠을 통으로 자는 시기가 늦었다. 그 사이 아내의 온몸 관절들은 악화되어 갔다. 아내는 출산 이후 바로 사우디에 와서 몸을 회복할 시간이 아예 없었다. 내 몸도 마찬가지였다.

쌍둥이들이 두 돌이 갓 지났을 무렵 뜻하지 않게 셋째가 생겼다. 쌍둥이들 키우는 게 너무 힘들어서 셋째는 생각할 겨를도 없었는데 우연히 셋째가 찾아왔다. 어리둥절했지만 새로운 가족은 축복이었다. 감사했다. 사우디에서 셋째를 낳을 수는 없었다. 한국에 가서 출산하려는 계획을 세웠다.

임신 8주 정도가 되었을 무렵, 회사에서 일하고 있는데 아내에게서 몸이 좋지 않다는 연락을 받고 바로 아내를 산부인과에 데려갔다. 사우디는 의료 시스템이 좋지 않았다. 일단 남자인 나는 산부인과 진료실에 따라 들어갈 수도 없었다.

"아기 심장 소리가 안 들린대."

진료실에서 나온 아내의 첫마디였다.

'아기 심장 소리가 안 들린다니… 내 심장은 이렇게 쿵쾅쿵쾅 뛰는데 뱃속의 우리 셋째는 심장이 안 뛴다니!'

이제 8주 정도 된 시점이었는데 머리가 복잡해졌다. 의사가 아내에게 피검사를 받으라고 했지만 시스템이 잘 갖춰지지 않아서 간단한 피검사를 받는 것조차 힘들었다. 여기는 보험회사의 승인이 나오지 않으면 사람이 죽어가도 절대 수술을 해주지 않는 나라였다. 아내의 피검사에 대한 보험 승인도 무슨 이유에서인지 계속 지연되었다. 그 간단한 피검사를 못 받고 계속 이리저리 왔다 갔다만 했다.

그사이 어린 쌍둥이는 짜증을 내고 난리였다. 3시간이 흘렀다. 한국이었으면 3분도 안 걸리는 피검사를 3시간이 걸려서 겨우 받았다. 피검사를 받고 의사에게 다시 갔다. 근데! 의사가 퇴근했다고 한다!!!

"아니! 사람이 하혈하고 있는데 의사가 퇴근해?"

간호사는 모르겠단다. 돌아온 답은 한마디였다.

"인샬라~"
(이슬람교도의 관용구로 "신의 뜻이라면"이라는 의미)

내일 다시 오라니. 뭐 이런 거지같은 경우가 다 있나. 하지만 말이 안 통했다. 그렇게 반나절 동안 병원에서 달랑 피검사 하나 받고 하혈하고 있는 아내와 쌍둥이를 데리고 다시 집으로 돌아왔다.

회사에 사정을 얘기하고 어쩔 수 없이 하루 더 휴가를 냈다. 다음날 다시 산부인과에 찾아가니 유산인 것 같다며 추가로 검사를 더 하고 이틀 뒤에 다시 오라고 했다.

"아니 지금 하혈하는데 이틀 뒤까지 그냥 기다리는 게 말이 되나요?"

돌아온 답은 역시나 "인샬라"였다. 의사가 그러라고 하면 역시나 방법이 없었다. 다시 그냥 집으로 돌아왔다. 아내는 누워서 안정을 취해야 했다. 내가 쌍둥이들도 돌봐야 하고 밥하고 집안일도 해야 했다. 정신 줄을 겨우 붙들고 있는데 회사에서는 계속 연락이 왔다. 사정을 얘기하고 휴가를 썼는데 굳이 나한테 연락을 왜 하는지. 화가 머리끝까지 났다. 안 그래도 사우디 병원에 폭탄을 던지고 싶은 마음이 굴뚝같은데 회사까지 나를 가만히 두지 않으니 미쳐버릴 것 같았다. 병원은 이틀 뒤에 가야 하니 다음날은 출근해야 했다. 개인 사정 따위는 봐주지 않는 회사다.

　이 상황에 일하러 나가야 하는 나 자신이 너무 싫었다. 회사에 가서 후다닥 처리해야 할 일을 하고 돌아왔다. 이틀 뒤에 또 병원에 갔다. 진료실에 못 들어가는 나는 답답해 미칠 것 같았다. 잠시후 아내가 진료실에서 나왔다.

　"유산이래. 수술하래."

　청천벽력 같은 소리였다. 정말 돌아버릴 것 같았다. 사우디 병원과 의료진을 다 밀어버리고 싶은 심정이었다. 왜 진료 첫날 의사는 하혈하는 아내를 두고 퇴근했으며, 며칠 동안 아무것도 안 해주다가 이제 와서 유산했으니 수술하라고 하는지. 뭐 이런 거지같은 놈들이 있나 싶었다.

아내는 사우디에서는 절대 수술하지 않겠다며 한국으로 가겠다고 했다. 얼마 전에 사우디 병원에서 제왕절개로 셋째를 출산한 한국인 지인이에게서 수술한 배에 물이 고인다는 이야기를 들었다고 했다. 아내는 이런 나라에서 수술 받고 싶지 않다고 했다. 나 역시 같은 마음이었다.

병원에서 집으로 돌아가는 차 안에서 아내는 펑펑 울었다. 못난 남편 때문에 머나먼 나라에 와서 고생하는 아내를 보니 미안했다. 모든 것이 내 잘못인 것 같아 마음이 아팠다. 하지만 아내는 한 마디 원망도 하지 않았다. 그 모습을 보고 있으니 더 미안했다. 나도 같이 무너질 것 같았지만 참았다. 나는 버텨야 했다. 속으로 피눈물을 삼켰다. 그날 밤에 바로 한국으로 출발하는 비행기 표를 끊었다. 병원에서 돌아오자마자 아내와 아이들은 사우디를 떠났다. 회사에는 일주일 휴가를 냈다. 필요한 옷가지와 물품만 캐리어 4개에 대충 챙겨 넣고 우리 가족은 그날 밤 한국으로 야반도주를 했다. 사우디에 온 지 2년 만에 우리 가족은 다시 한국으로 돌아갔다.

사우디 공항에서 야반도주하는 우리 가족.

5

사우디에서의 기러기 생활

아내가 사우디에서 셋째를 유산하는 과정은 인생에서 두번 다시 겪고 싶지 않은 경험이었다. 우리 가족은 인천 공항에 내리자마자 바로 산부인과로 달려갔다. 한국 병원은 정말 친절하고 시스템도 잘 되어있었다. 다행히 한국에서는 수술은 하지 않아도 될 것 같다며 약을 좀 먹고 지켜보자고 했다.

내가 받은 휴가 기간은 딱 1주일. 다행히 일본 발령이 종료된 장인, 장모님께서는 인천에 작은 빌라를 얻어서 살고 계셨다. 처가에 아내와 쌍둥이들을 데려다 놓고 조금 정리하고 나는 다시 사우디로 돌아가야 했다. 정말 돌아가기 싫었다. 아내가 유산한 지 얼마 되지 않아 몸을 회복해야 하는데 다시 일하러 돌아가야 했다.

휴가 같지도 않은 짧은 휴가가 끝나고 나는 혼자 비행기에 몸을 실었다. 마치 지옥행 비행기처럼 타고 싶지가 않았다. 사우디에

도착해서 문을 열고 집에 들어가니 가슴이 찢어질 듯 아팠다. 아내와 쌍둥이의 흔적이 그대로 남아 있었다. 8시간 만에 짐을 싸서 도망치듯 한국으로 갔기 때문에 쌍둥이가 놀던 흔적이 그대로 남아 있었다.

텅 빈 집에 혼자 있는 것이 정말 싫었지만 돈을 벌어야 하니 어쩔 수 없었다. 그냥 하루하루 버티면서 살았다. 한동안은 집에 들어갈 때마다 눈물이 날 것 같았다. 아내와 쌍둥이의 흔적을 보는 것이 너무 힘들었다. 아내와 상의해서 사우디에는 딱 1년만 더 있다가 한국으로 돌아가기로 했다. 회사에 사정을 말하면 한국으로 보내 줄 것 같았다. 그렇게 1년 동안 사우디에서 혼자 외로운 시간을 보냈다. 쌍둥이가 커가는 모습을 볼 수도 없었다. 이제 막 두 돌이 지나서 말도 조금씩 시작하고 예쁜 짓을 많이 할 때였는데 나는 곁에 있어주지 못했다.

1년 정도 지나고 한국으로 돌아가겠다고 회사에 의사 표현을 하자 안 된다는 대답이 돌아왔다. 어쨌든 회사에서는 나를 한국 본사로 들여보내 줄 수 없다고 했다. 이미 1년 동안이나 가족들과 떨어져 살았다. 좋은 일도 아니고 나쁜 일을 겪으며 생이별을 하게 된 것이었다. 사정을 이야기했지만 분위기가 좋지 않았다. 더 강하게 이야기할 수 있는 상황이 아니라는 것을 알고 포기했다. 결국 나는 한국으로 돌아오지 못했다. 6개월을 사우디에 더 있어야 했다. 그 마지막 6개월은 정말 지루했다. 몸도 점점 망가져 갔다. 4개월이 지나는 시점에 드디어 한국 본사로부터 복귀 발령을 받았다. 이제 2달 동안 잘 마무리하고 한국으로 돌아가기만 하면 되었다.

어느 날 몸이 갑자기 심하게 아프기 시작했다. 숨 쉴 때마다 가슴이 너무 아팠다. 가슴 통증이 너무 심해 도저히 숨을 쉴 수가 없었다. 50도가 넘는 사우디의 한여름이었는데 오한이 나서 오들오들 떨었다. 게다가 허리도 끊어질 듯 아팠다. 몸살 정도가 아니라 누가 내 온몸을 짓밟고 있는 느낌이었다. 이러다 죽겠다는 생각이 들었다. 뭔가 큰 병에 걸린 것이 확실했다. 살면서 그렇게 아픈 적은 처음이었다. 교통사고로 어깨를 다쳤을 때보다, 어깨를 수술했을 때보다, 축구하다 허리를 다쳤을 때보다 천 배, 만 배는 더 아팠다.

처음 겪는 고통에 어떻게 해야 할지 몰랐다. 누워있을 수도 일어나 있을 수도 없었다. 사지가 찢기는 느낌이 들었다. 특히 가슴이 아파서 숨을 못 쉬는 것이 가장 무서웠다. 날이 밝자마자 회사 직원의 차로 응급실에 실려 갔다. 응급실 의사는 내 검사 결과를 계속 보면서 고개를 갸우뚱갸우뚱 했다. 확신이 안 드는 눈치였다. 어디에다가 계속 전화를 했다. 불안했다. 응급실 의사도 잘 몰라서 전문의한테 전화하는 것 같았다.

'도대체 무슨 병이기에 저러는 거지? 설마 무슨 불치병에 걸렸다거나 죽을 병은 아니겠지?'

별의별 생각이 다 들었다. 드디어 의사가 나한테 와서 한마디 했다.

"뉴모니아!"
'뭐라는 거야? 뉴모니아가 뭐야? 암모니아도 아니고…'
"What? 뭔 모니아???"
나는 다시 의사에게 물었다.
"pneumonia"

폐렴이었다. 어이가 없었다. 폐렴에 걸리다니! 근데 농담이 아니고 폐렴에 걸리면 죽을 듯이 아프다. 운동하면서 많이 다쳐봐서 웬만한 통증은 잘 참는 편인데 폐렴이 평생 겪은 고통 중에 제일 아팠다.

링거를 2대 맞고 나니 오한도 사라지고 두통과 구토 증세도 좀 가라앉았다. 가슴 통증은 계속 있었지만 그래도 숨은 좀 쉬어졌다. 의사는 약을 꾸준히 먹으면서 4주 간격으로 체크하자고 했다. 사우디 생활 막판에 폐렴까지 걸리다니.

폐렴으로 끝이면 좋겠지만 끝이 아니었다. 폐렴이라는 이야기를 듣고 그나마 다행이라고 생각했는데 약을 먹기 시작한 지 3일 정도 지났을 때부터 갑자기 온몸에 두드러기가 나고 가렵기 시작했다. 아직 폐렴도 다 회복이 안 되어서 고통스러운데 갑자기 온몸에 도톨도톨한 것들이 생겨났다. 가려워서 잠을 이루지 못할 정도였다. 내 몸이지만 정말 짜증났다. 가지가지 한다는 생각이 들었다. 또 병원을 찾아갔지만 이번에는 의사도 잘 모르겠다는 답변뿐이었다. 병원에서는 바르는 약과 먹는 약을 처방해 줬는데 바르는 약은 바를 때는 시원한 것 같은데 크게 효과가 나타나지 않았다.

4주가 지나고 폐렴 검진을 받으러 다시 병원에 갔다. 많이 좋아지긴 했는데 아직도 폐에 염증은 남아 있다며 또 4주 뒤에 오라고 했다. 그렇게 사우디 생활의 마지막 2달은 병 치료만 하다가 끝나고 말았다. 가족과 2년, 혼자 1년 6개월, 총 3년 6개월의 사우디 생활을 끝내고 드디어 한국으로 돌아왔다. 아내의 유산, 허리 부상, 폐렴, 피부병, 교통사고로 죽을 뻔한 경험 등 살면서 다시는 겪고 싶지 않은 일들을 많이 겪었다.

6

가장 두려운 것

사우디에서의 기러기 생활은 정말 힘든 시간이었다. 일 년 반 만에 내 몸은 완전히 망가졌다. 다시 한국에 돌아와 가족들과 지내니 몸도 서서히 회복이 되고 약간 서먹했던 쌍둥이들과도 친해졌다. 문제는 회사 업무였다. 말도 안 되는 업무량에 치여 죽을 것 같았다. 48시간을 한숨도 못 자고 일한 상태에서 새벽 1시 비행기를 타고 해외 출장까지 다녀오는 일도 있었다. 역시 회사 생활은 쉽지 않았다. 사우디에서처럼 폐렴이나 피부병 같은 이상한 병에 걸리진 않았지만, 매일매일 어깨와 목 위로 피가 통하지 않아 늘 두통에 시달려야 했다.

그러던 어느 날, 뜻하지 않게 아내가 또 임신을 했다. 셋째라고 해야 하나 넷째라고 해야 하나? 우리에게 또 한 명의 가족이 찾아왔다. 기쁘고 감사했다. 이번에는 반드시 잘 지켜야겠다는 생각이 들었다. 그 시기에 우리 팀에서는 회사에서 가장 큰 행사를 준비하고 있었다. 일손이 모자라 다들 야근을 하고 주말에도 출근을 해야했다. 다른 팀에서 보조 인력까지 차출해서 행사 준비에 매진하고 있었다. 정말 중요한 행사였다. 내 담당 업무는 아니었지만 어쩔 수 없이 나도 투입이 되었다. 어쩌다 보니 그 행사에서 내가 엄청 중요한 임무까지 맡게 되었다. 내 업무까지 하면서 도와야 했다. 다들 하지 않으려고 하다 보니 내가 빠진 회의 시간에 나를 담당자로 정했던 것이다. 그런 것은 크게 상관없었기에 알겠다고 했다. 훗날 어떤 일이 생길지 알았더라면 그렇게 쉽게 대답하지 않았을 텐데…

워낙 크고 중요한 행사이다 보니 다들 퇴근을 못 했다. 나도 종종 남아서 도왔다. 다들 힘든 시기를 꾸역꾸역 버티고 있었다. 행사 일주일 전에 아내에게 연락이 왔다. 또 하혈을 한다는 소식이었다. 임신 5주가 막 지났을 무렵이었다.

"왜? 또!!!"

일단 팀장님께만 사정을 이야기하고 휴가를 쓰고 아내를 당장 산부인과로 데려갔다. 의사 선생님은 아내와 아이가 굉장히 불안정한 상태이니 누워서 절대 안정을 취해야 한다고 했다. 일주일 정도 휴가를 내고 아내와 쌍둥이들을 돌봐야 하는 상황이었다. 하지만 회사의 중요한 행사로 인해 휴가를 쓸 수 있는 상황이 아니었다. 게다가 내가 중요한 업무를 맡았기 때문에 자리를 비울 수가 없었다. 양가 부모님은 물론 주변에 도와줄 수 있는 분이 아무도 안 계셨다.

내가 계속 출근해야 하니 아내는 어쩔 수 없이 계속 움직여야 했다. 쌍둥이들의 어린이집 등·하원을 시켜야 했고, 쌍둥이들 목욕을 시키고 밥을 준비해야 했다. 회사에서 이러지도 저러지도 못하는 나는 정말 속상하고 안타까운 마음만 들었다. 뱃속의 아이를 위태롭게 지키고 있는 아내를 위해 내가 할 수 있는 것은 아무것도 없었다. 안정을 취해도 모자랄 판에 아내는 계속 쌍둥이들을 돌보며 집안일을 했다.

눈치는 보이지만 나는 일찍 퇴근해야 해서 이 사실을 팀장님께만 알렸다. 얼른 가서 아내가 안정을 취할 수 있도록 도와야 했다. 하루는 퇴근하는데 한 동료가 나를 원망의 눈빛으로 쳐다봤다.

'우리는 이렇게 개고생하는데 너는 뭔데 지금 퇴근하냐? 너는 노냐?'

물론 팀원들은 나의 사정을 모르니 그러한 마음을 가졌을지 모르겠다. 나 역시 이해가 되고 너무 미안했다. 그렇지만 아내를 그대로 둘 수는 없었다. 특히 사우디에서 그 일을 경험하고 나서 그와 같은 일을 반복하고 싶지 않았기에 나는 주변의 시선을 무시하기로 했다. 아내를 지켜주고 싶었다. 또한 내 아이를 이번에는 꼭 지키고 싶었다.

아내는 일주일 내내 하혈하면서도 계속 움직였다. 나는 행사 준비로 정말 힘들었다. 드디어 출장 가기 전날 밤이 되었다. 그런데 새벽에 아내가 느낌이 이상하다며 울기 시작했다. 아무리 달래도 아내는 울음을 그치지 못했다. 날이 밝자마자 아내와 함께 산부인과에 갔다.

"유산입니다."

아내는 펑펑 울었다. 나 역시 울고 싶었지만 나까지 울면 안 될 것 같아서 눈물을 꾹 참고 수술 날짜를 잡고 집으로 돌아왔다. 쌍둥이들에게 엄마 뱃속의 동생이 없어졌다고 이야기하며 아내는 하염없이 눈물을 흘렸다. 그런데 이런 상황에서 나는 출장을 가야 했다. 우는 아내의 모습을 뒤로하고 나는 캐리어를 끌고 집을 나섰다. 출장 가는 KTX 안에서 내 가슴은 터질 것 같았다.

KTX를 타고 행사를 준비하러 출장을 가야하는 이 상황이 도저히 납득이 되지 않았다. 아내가 뱃속의 아이를 두 번이나 잃은 상황에서 나는 아무것도 할 수 없었다. 이런 상황이 너무 싫었다.

그리고 나 자신도 너무 싫었다. 지금 아내 옆에 내가 꼭 있어야 하는데… 마음이 너무 무거웠다. 아내에게 미안했다. 이런 상황이 싫었다. 정말 싫었다. 이렇게 사는 것이 맞는지 모르겠다고 생각하게 되었다. 그때 결심했다.

'내 소중한 가족은 내가 지켜야 해!'

나는 아내와 뱃속의 아이들을 지키지 못했다. 그때 생각만 하면 여전히 가슴이 아프다. 이 글을 쓰는 지금도 눈물이 핑 돈다. 그때부터 나는 더 독해졌다. 독해져야만 했다. 내 가족을 지키기 위해서… 특히 아내에게 나 같은 남편 만나서 고생한 거 꼭 보상받게 해주고 싶었다.

세상에서 가장 두려운 것은 내 가족을 지키지 못하는 것이다. 사랑하는 가족을 지키기 위해 나는 좀 더 강한 아빠, 강한 남편이 되기로 결심했다.

7

육아휴직

두 번의 유산으로 인해 나는 상심이 컸다. 그런데 아내는 나보다 강했다. 뱃속에 아이를 두 번이나 잃고 나니 셋째를 꼭 가져야겠다고 했다. 그전까지는 셋째를 가지려는 마음이 없었는데 이번에는 아내의 마음부터 달랐다.

아내는 사우디에서 쌍둥이를 키우며 몸조리는커녕 몸이 완전히 망가져 버렸다. 아내에게 몸이 조금 회복되고 더 건강해지면 다시 셋째를 갖자고 설득했다. 그런데 아내는 본인 나이가 많으니 그냥 빨리 갖고 싶다고 했다. 그리고 두 번째 유산한 지 석 달 만에 셋째가 찾아왔다.

셋째가 찾아온 기쁨도 잠시 나는 무서웠다. 아내에게 말은 안했지만, 혹시나 예전과 같은 일을 겪게 될까봐 걱정이 앞섰다. 그때부터 나의 고민이 시작되었다. 셋째의 출산 예정일은 회사 업무가 한창 바쁜 시즌인데다가 예정일까지 셋째가 뱃속에서 잘 버틸지도 모를 일이었다. 게다가 내 몸도 너무 망가져 있었다. 나도 사우디에서 몸이 망가져서 한국에 돌아왔는데 본사의 살인적인 업무량으로 치료조차 제대로 받지 못하는 상황이었다. 내 몸과 마음에 대한 자신도 없었다. 버틸 자신이 없었다.

육아휴직을 쓸지 몇 달을 고민했다. 아무리 예전보다 남자 육아휴직자가 많이 늘어났다고 하지만 육아휴직을 하면 회사 내에서의 평가도 좋지 않게 될 것이 뻔했다. 가장 큰 문제는 급여였다. 알아보니 육아휴직을 쓰면 석 달은 150만 원 정도의 육아휴직 수당이 나오는데 그 후부터는 한 달에 100~120만 원 정도 받을 수 있었다. 1년 정도 육아휴직을 하면 생활비로만 4,000만~5,000만 원 정도가 필요하다. 당장 생계가 걱정이었다. 5인 가족이 한 달에 100만 원 정도 되는 돈으로는 살기 빠듯했다. 전세 대출 이자만 월 100만 원이었다.

아내와 태어날 셋째, 쌍둥이를 생각하면 내가 육아휴직을 해야 했다. 그렇지만 회사에서의 평판, 인사고과, 급여를 생각하지 않을 수 없었다. 그렇게 잠 못 이루는 혼자만의 고민이 몇 달 동안 이어졌다. 종종 아내와 대화도 하고 아내의 의견을 듣기도 했지만, 결정은 내 몫이었다. 본가와 처가의 도움은 받을 수 없는 상황이기에 내가 육아휴직을 하고 가족들을 돌보거나, 도우미 이모님을 불러야 하는 상황이었다. 그렇게 고민에 고민을 하다 결국 육아휴직을 하는 것으로 결정했다. 이번만은 아빠로서 내 아이를 꼭 지키고 싶었다.

회사에 육아휴직을 통보하기로 한 날이 되었다. 아침 먹고 출근 전에 나는 마지막까지 고민하고 있었다. 육아휴직을 하는 것이 맞는지… 옆에서 지켜보던 아내가 한마디 했다.

"육아휴직 쓸지 말지를 고민하지 말고, 그 기간을 어떻게 잘 보낼지 고민해."

역시 아내는 나보다 강하고 현명했다. 마음의 갈피를 못 잡는 내게 아내의 한마디는 중심을 잡을 수 있게 해주었다. 출근해서 회사에 육아휴직을 통보했다.

"팀장님, 드릴 말씀이 있습니다."
"왜? 육아휴직 쓰려고 하지?"
"어떻게 아셨습니까?"

팀장님은 이미 눈치를 채고 계셨나 보다. 내가 정말 존경하는 팀장님이었다. 팀장님이 아니었다면 육아휴직을 결정하는데 덜 힘들었을 거다. 이렇게 좋은 상사를 모시기는 쉽지 않으니까. 옆에서 더 배우고 함께 일하고 싶었던 분이다. 아무튼 팀장님과 짧게 면담을 하고 육아휴직을 하는 것으로 인사팀에 통보했다.

그렇게 떠나고 싶었던 회사였는데 마음이 이상했다. 팀원들이 정말 좋아서 그랬을 수도 있다. 내 커리어의 갈림길에서 원래 가려던 길과 다른 길을 선택하는 순간이어서 그랬을 수도 있다. 복잡 미묘한 감정이 무엇이었는지는 지금도 잘 모르겠다.

2020년 10월 28일 오후 4시 37분에 세 번째 공주님은 우리 부부에게 얼굴을 보여줬다. 세 번 만에 얼굴을 보여준 정말 특별한 아이다. 건강하게 태어나줘서 너무 감사했다. 이렇게 나는 세 아이의 아빠가 되었다.

PART 3

행동의 무게

나에게 새벽 기상이란

"어제는 8시간을 잤는데도 새벽 기상이 쉽지 않아요."
"11시간을 자도 졸려요."
"이렇게 새벽 기상을 하면 인생이 바뀌나요?"

주변에서 이렇게 이야기하는 분들을 많이 본다. 잠을 아무리 많이 자도 새벽에 일어나기가 쉽지 않다고 한다. 특히 내가 새벽 기상 하는 모습을 보고 어떻게 하면 새벽 기상을 잘할 수 있는지 물어보는 사람들이 많다. 오랜 기간 새벽 기상을 해온 나에게 새벽 기상을 하면 인생이 바뀌냐고 물어보시는 분들도 있다.

나는 2005년 5월부터 16년 넘게 새벽 기상을 했다. 시작은 군대에서였다. 입대 전에는 나도 다른 대학생들과 다르지 않았다. 앞에서 이미 언급했지만 나는 흔히 말하는 게임 폐인이었다. 무늬만 고시생으로 3년을 살았다. 밤새 게임하고 낮에 늦게 일어나는 악순환이 계속되었다. 그러다가 군대에 가면서 강제로 새벽 기상을 하게 되었다. 근데 나는 동기 훈련생들보다 더 빨리 일어났다. 그냥 그렇게 하고 싶었다. 기상나팔이 울리기 전에 일어나서 공부까지 하고 모든 준비를 마쳤다.

전역 이후 부모님의 권유로 다시 고시를 시작했지만 안타깝게도 실패했다. 하지만 3년 동안 1만 시간을 공부하니 폭발적으로 성장했다. 이때 공부한 경제와 법 관련 지식, 글쓰기 실력이 내 인생의 큰 밑거름이 되었다.

고시 실패 후, 나는 대학원에 진학해 석사 과정을 밟았다. 연구실에 출근하기 전에 새벽에 농구 연습을 했다. 매일 새벽 5시에 일어나 체육관으로 갔다. 학교 체육관이 6시에 문을 열기 때문에 5시 50분부터 앞에서 기다렸다가 열자마자 들어갔다. 6시부터 8시까지 2시간 동안 슛, 드리블, 핸들링 등을 연습하고 9시에 연구실에 출근했다.

나중에 체육관 문을 열어 주시는 체육교육과 조교들과 친해져서 이야기를 나눌 기회가 있었다. 매일 새벽에 농구 연습을 하는 것을 보고 내가 농구 프로선수 드래프트에 나가는 줄 알았다고 했다. 그 정도로 열심히 했다. 그렇게 연습하니 농구 실력이 많이 늘었다. 내가 속한 동호회 팀에서도 나는 제 역할을 하는 선수로 자리를 잘 잡았다. 팀의 대회 성적도 좋아졌다.

회사에 입사해서는 야구 투수 레슨을 받았다. 대학원 야구팀, 회사 야구팀, 일반 동호회 2팀, 총 4개의 야구팀에서 활동했다. 일주일에 한 번 새벽 6시부터 7시까지 레슨을 받았다. 새벽 5시에 집을 나섰다. 레슨이 없는 날은 다른 운동을 했다. 이렇게 2~3년 정도 하니 야구 실력도 폭발적으로 늘었다. 투수로 마운드에 올라가는 날도 많아졌다. 투수 레슨을 받았는데 타석에서는 홈런도 치기 시작했다. 내가 속한 야구팀들에서도 주축 멤버가 되었다.

한때 골프에 미쳤던 적도 있었다. 골프 할 때는 매일 새벽 3시 40분에 일어났다. 4시 30분 에 집을 나서 연습장에 갔다. 5시~7시까지 연습하고 출근했다. 이렇게 하니 골프를 시작하고 1년 만에 싱글을 쳤다. 정확하게 머리 올린 지 1년 되는 날에 79타를 쳤다.

얼마 전까지는 새벽에 일어나 달리기를 하거나 헬스장에 갔다. 코로나 때문에 헬스장이 운영하지 않아서 주로 달리기를 했다. 그러다 허리와 골반 부상이 심해져서 지금은 새벽에 주로 글을 쓴다.

이렇게 16년 동안 새벽에 일어나서 했던 일의 결과를 보니 모든 분야에서 폭발적인 성장을 이루었다. 내게 새벽 기상에 대해 물어보는 분들께 나는 이렇게 답한다.

"새벽 기상을 16년 동안 했어도 쉽지 않았어요. 하지만 포기하지 않고 계속하다 보면 내 의지와 상관없이 자동으로 일어나져요."

16년 정도 하다 보면 힘들어도 그냥 몸이 반응한다. 눈이 떠지고 몸이 벌떡 일어나진다. 그렇게 새벽 기상이 습관이 된 것이다.

2

목적이 있는 새벽 기상

돌이켜보니 삶의 목적과 목표가 없으면 새벽 기상은 정말 힘들다. 새벽에 일어나는 시각이 중요한 것이 아니다. 내가 새벽에 일어나는 목적이 무엇인지를 명확하게 알아야 한다. 일어나서 어떤 활동을 할 것인가가 더 중요하다. 삶의 목적을 달성하기 위해 새벽 시간이 가장 좋다는 것을 알면 일어나지 말라고 해도 일어나게 된다.

해야만 하는 환경이 사라지면 대부분의 사람들은 새벽 기상을 하지 않는다. 군대에서 전역하면 한두 달 뒤부터는 새벽에 일어나지 않는다. 새벽에 일어나야 할 목적이 없기 때문이다. 군대에서는 일찍 일어나야만 하는 환경이니 어쩔 수 없이 일찍 일어난다. 군대라는 환경이 사라졌을 때 내 삶의 목적이 없다면 새벽 기상도 자연스럽게 하지 않게 된다.

직장인은 출근하기 위해 주로 새벽에 일어난다. 아닌 경우도 있지만 대부분 그렇다. 출근이라는 목적을 위해 새벽에 일어나서 씻고, 밥을 먹고 준비를 하는 활동은 사실 큰 의미가 없다. 이런 사람들은 직장을 그만두면 대부분 새벽 기상을 하지 않을 것이다.

프리랜서의 경우에는 시간을 관리하는 것이 더욱 힘들다. 일하는 루틴이 정해져 있지 않은 경우가 많아서 새벽 기상이 어렵다. 일어나야 할 목적이 없기 때문이다. 강제적인 환경도 없을뿐더러 목적마저 없으면 쉽지 않다.

목적이 없는 새벽 기상은 지속할 수가 없다. 내 경우에도 그랬다. 군대에서 전역했을 때 나는 다시 고시 준비를 시작했다. 이번 고시 준비 기간에는 입대 전과는 다르게 제대로 해보자고 나 스스로 다짐했다. 군대에서 인생의 터닝 포인트를 만들면서 나도 하면 되는 사람이라는 것을 깨달았기에 실행하는 것은 어렵지 않았다.

누가 시키지 않았지만 항상 5시에 일어나는 루틴을 만들었다. 새벽이 아니면 운동할 시간이 없었다. 매일 5시 30분~6시 30분에 헬스장에서 운동하는 것을 원칙으로 세웠다. 고시는 체력이 중요하기 때문에 운동도 일과에 포함시켰다. 고시에 합격해서 대한민국을 위해, 우리 국민을 위해 봉사하는 사람이 되어야겠다는 의미를 부여했다. 그렇게 목적을 세우니 새벽 기상을 꾸준히 할 수 있었다.

두 번째 고시 준비와 대학원 진학 그리고 직장 생활을 하면서도 새벽 기상은 계속해서 이어갔다. 했다. 물론 직장에서의 새벽 기상은 목적을 위한 새벽 기상이 아닌 출근을 위한 새벽 기상이었다. 새벽에 운동을 하기는 했지만 특별한 목적은 없었다. 그냥 습관처럼 했다. 새벽 운동도 목적이 없으니 별로 의미는 없었다. 그냥 쳇바퀴 같은 일상이었다.

그러다가 2019년 11월 아내의 두 번째 유산으로 인생 최대의 충격을 받았다. 내 가족을 지켜야 하는 삶의 목적이 생겼다. 경제적 자유와 시간적 자유를 얻어야 했다. 새벽에 일어나 운동하고 공부를 해야 했다. 새벽 시간을 제대로 활용해야 했다. 부동산 투자 관련 공부를 하다 보니 모르는 게 너무 많았다. 머리가 터질 것 같은 날이 계속됐다. 고시 공부할 때 이후로 그런 뇌 속의 울렁임은 오랜만이었다. 알람이 울리지 않아도 일어나 책상 앞으로 갔다. 경제적 자유, 시간적 자유를 이루기 위해 새벽에 일어나 공부를 했다. 그렇게 나는 하나씩 그 분야를 정복해 나갔다.

지나고 보니 목적이 없는 새벽 기상은 큰 의미가 없다는 것을 깨달았다. 강제적인 새벽 기상은 그런 환경이 사라지면 하지 않게 된다. 사람들이 새벽 기상을 힘들어하는 가장 큰 이유다. 지속하는 힘이 없다. 마지못해 목적도 없이 하게 되니 지속할 수 없는 것이다. 물론 처음에는 강제로 시작해야 할 수도 있지만 지속하려면 당위성이 있어야 한다. 억지로라도 사명을 부여해야 한다. 내 삶의 사명을 정하고 목적의식을 갖지 않으면 새벽 기상은 절대 지속할 수 없다.

새벽 기상, 미라클 모닝을 왜 하는지. 왜 해야만 하는지는 스스로 생각하고 내 삶의 목적을 위한 미라클 모닝을 계획하면 좋을 것이다.

새벽 기상은 목적이 있어야 한다.

완벽한 준비

'나한테 무릎 위 3cm까지만 오는 반바지와 쿨맥스 소재의 나이스 티셔츠가 필요해.'

'날씨가 너무 추운 거 아닌가. 달리다가 감기 걸리면 어쩌지?'

'어제 잠을 4시간밖에 못 잤어. 너무 피곤한데.'

"언제 달릴 것인가?"

막상 운동을 결심하면 아주 소소하고 불필요한 생각들이 꼬리에 꼬리를 물고 든다. 하지만 달리기할 때 반바지가 무릎 위로 3cm인지 5cm인지는 그리 중요하지 않다. 또한 날씨도 문제가 되지 않는다. 달리기에 완벽한 조건은 아마 일 년 중에 단 하루도 없을 것이다. 달리기하는데 완벽한 준비란 없다. 달리기로 마음먹었으면 그냥 일단 밖으로 나가야 한다.

여러 '생각'을 할 필요가 없다. '행동'을 해야 한다. 생각이라는 녀석은 내가 달리기를 할 이유를 절대 찾아주지 않는다. 내가 달리기를 하지 않아도 되는 이유를 찾아 합리화해줄 것이다.

달리기뿐만 아니라 다른 것도 마찬가지다. 우리는 어떤 일을 하려고 할 때 완벽하게 준비를 해놓고 시작하려고 한다. 그런데 준비를 하려니 이것저것 해야 할 것이 너무 많다. 준비를 하다가 지쳐 막상 하려던 일이 하기 싫어진다. 어떤 일이든 완벽한 조건에서는 하기 어렵다. 늘 삶에는 변수가 있기 마련이다. 그것이 바로 인생이 아니던가. 어떻게 보면 내게 하고자 하는 마음만 있다면 그것이야 말로 완벽한 조건이다. 마음만 있다면 어떤 상황에서든 할 것이기 때문이다.

"지금 말씀하신 내용, 블로그에 쓰셨던 내용 강의 좀 해주세요."

요즘 나는 주변 사람들에게 아웃풋을 하라고 권유하고 있다. 특히 가지고 있는 지식의 아웃풋을 강조한다. 그중 하나가 바로 나눔 강의다. 다른 사람을 가르치려면 내가 가진 많은 지식을 하나의 주제로 정리하게 되고, 부족한 부분을 채우기 위해 공부하게 된다. 그런데 내가 강의를 부탁하면 돌아오는 답변은 대부분 이렇다.

"제가요? 저는 전문가가 아닌데요. 더 공부하고 할게요."
"저는 다른 사람들 앞에서 너무 떨려서 말을 못 해요."
"두세 달 정도 준비해서 할게요. 아니 6개월. 아니 1년"

강의를 위한 완벽한 지식을 습득한다는 것은 있을 수 없다. 처음부터 다른 사람들 앞에서 안 떨고 말하는 사람은 거의 없다. 이런 거 저런 거 다 따지면서 차일피일 미루면 2~3개월, 6개월, 1년 뒤에는 완벽하게 준비가 될 것이라고 생각하는가?

사실 전문 강사들도 해당 분야의 지식을 100% 이해하고 있는 것은 아니다. 일단 강의를 시작하고 계속 반복하면서 공부하고 체계화시켜 나가는 것이다. 강사들의 초창기 강의안을 보면 정말 볼품없다. 사실 내 강의안이 그랬다. 나는 일단 만드는 데 집중했다. 강의안을 준비했다는 것이 중요한 것이지 완벽한 강의안은 애초에 있을 수가 없었다. 내 강의안은 이 세상에 존재하는 유일한 강의안인데 어느 누가 완벽의 기준을 정한단 말인가.

나는 일단 시작했다. 그 후에 파워포인트 디자인 공부도 하고 코칭도 받아서 강의안을 업그레이드 했다. 사실 강의안에 담긴 내용은 초창기와 크게 차이가 없다. 내가 말하는 내용도 많이 달라지지 않았다. 하지만 강의를 계속하면서 점점 발전했다. 강의안을 예쁘게 만들게 됐고 강의의 질도 높아졌다. 사실 할수록 좋아졌다. 완벽함이라는 것은 경험이 쌓여가면서 이루어지는 것이라고 생각한다.

대부분의 사람은 이 프로세스를 이해하지 못한다. 운동, 강의, 글쓰기 등 모든 분야에서 그렇다. 생각이 너무 많다. 완벽한 조건과 준비에 너무 집착한다. 다른 사람들이 욕할까 봐, 실패할까 봐, 두려워서 아예 시작조차 하지 못 한다. 완벽하게 준비가 안 됐다는 핑계를 댄다. 시간이 더 필요하다고 한다. 그러다가 결국 포기하게 되는 것이다.

방법은 하나다. 어떤 일을 해야 한다면 생각은 접어두고 일단 행동해라. 완벽한 준비 따위는 잊어라. 그런 것은 세상에 없다. 완벽한 준비의 조건이 무엇인지 스스로 정의도 못 하면서 완벽한 준비는 어떻게 한다는 말인가?

다시 말하지만 달리기를 위한 완벽한 준비는 없다. 그냥 밖으로 나가서 달리기 시작하면 그게 준비다. 시작이 곧 준비다.

묻지도 따지지도 말고 지금 당장 하자!
마음속에 있는 그것!
마음만 먹고 안 한 그것!

4

행동하는 운명

운칠기삼(運七技三)이라는 말이 있다. 인생을 살아가다 보면 운이 더 많이 필요하다는 말이다. 나 역시 이 말에 어느 정도 동의한다. 일의 성패는 노력보다는 운이 더 많이 작용한다고 한다. 그러나 행운은 아무런 노력도 하지 않는 사람에게는 찾아오지 않는다. 설사 찾아와도 알아보지도 못한다.

대부분의 사람은 행운의 '결과'만 보려고 한다. 다른 사람이 어떻게 그런 행운을 얻을 수 있었는지의 '과정'은 보지 않는다. 보고 싶지 않다고 하는 것이 더 맞겠다. 얼마나 긴 인고의 시간을 버티면서 노력했는지 알고 싶지 않을 것이다. 그런 과정이 있었다는 것을 인정하면 나도 그렇게 해야만 행운을 얻을 수 있다는 것을 받아들여야 하기 때문이다. 그런 길은 가고 싶지 않으니 그냥 '그 사람은 운이 좋았다'라고 자기 합리화를 한다.

「보도 섀퍼의 돈」에는 텔레비전 생방송 출연 한 번으로 온 나라에 이름을 알린 프랭크 시내트라는 사람의 일화가 소개되어 있다. 그가 거머쥔 믿기 어려운 행운을 축하하는 사람들에게 그는 이렇게 대답했다.

"우선, 나는 이 밤에 한잠도 자지 못했다. 그리고 나는 이 밤을 위해 10년을 준비했다."

사람들은 프랭크 시내트가 단 한 번의 텔레비전 출연으로 우연히 스타가 된 것으로 생각한다. 그렇게 믿고 싶어 한다. '단 한 번'으로 성공한 것이라고 믿는다. 프랭크는 10년을 준비했다. 다른 방식의 시도를 수도 없이 했다. 그 방송에도 출연하기 위해 수많은 실패를 겪었을 것이다. 좌절하고 실망도 했을 것이다. 그래도 그는 끝까지 포기하지 않고 노력했다. 사람들은 그가 잡은 행운의 결과만 보고 부러워하지만 그가 참고 견딘 시간, 수많은 실패와 노력에 대해서는 잘 얘기하지 않는다. 그런 부분에는 관심을 두지 않는다.

내가 회사에 들어간 스토리도 이와 비슷하다. 별다른 취업 준비를 하지 않고 생각보다 수월하게 입사할 수 있었던 행운은 그 뒤에 보이지 않는 준비 과정이 있었기에 가능했다. 우연히 내게 온 것이 아니다. 고시, 대학원 등의 경험이 없었다면 그런 행운은 내게 아예 오지 않았을 것이다. 오더라도 잡지 못했을 것이다. 나는 취업을 위해 12년 동안 행동을 해왔다.

내 별명은 '행운둥빠'다. 처음에는 그냥 '둥빠'였다. '행운은 행동하는 운명이다'는 글귀를 보고 '행운둥빠'로 바꿨다. 행운은 행동하지 않는 사람이 절대 잡을 수 없다. 행운을 찾으려면 일단 발을 내디뎌야 할 것 아닌가? 가만히 앉아 있으면 어떻게 행운이라는 기회를 잡을 수 있겠는가?

행동하지 않는 사람들은 대부분 행운이 눈앞에 와도 그런 기회가 왔다는 사실조차 깨닫지 못하고 그냥 지나치게 된다. 아무것도 하지 않으면 아무 일도 일어나지 않는다. 다른 사람의 행운을 부러워만 하지 말자. 부디 내 행운을 알아보고 잡을 수 있도록 행동하자. 행운은 절대 우연이 아니다.

행운은 행동하는 운명만 잡을 수 있다.

5

선택과 집중

인생을 살다 보면 어떤 일에 집중해야 하는 순간이 있다. 의욕이 넘치는 멘티들을 보면 이것저것 다 챙기면서 모든 분야에서 잘하려고 하는 경향이 있다. '선택과 집중'이라는 말을 들어봤을 것이다. 이 말은 당장 중요하지 않은 것은 '포기' 하라는 것이다.

사람이 가용할 수 있는 시간이라는 자원은 한정적이다. 모두에게 하루는 24시간이다. 1,440분이고, 86,400초다. 시간이 더 필요하다고 하루에 30시간을 투입할 수 있는 사람은 없다. 인생의 갈림길에 있는 사람들, 특히 취준생(시험 준비생 포함)의 예를 들어보자. 목표 달성에 정말 필요한 활동 1)과 다소 목표 달성과는 크게 관계없는 활동 2)로 나누자.

1) 자소서 쓰기, 전공시험 공부, 자격증 공부, 영어 공부, 봉사활동 등
2) 친구 만나기(주로 술 마시기), 이성 친구 사귀기(연애), SNS 활동, 게

임, 쇼핑 등

활동 1)과 활동 2) 모두를 하면서 목표를 달성할 수 있는 사람은 거의 없다. 이 두 활동을 다하려면 하루 24시간이 아니라 100시간도 부족할 것이다.

예전에 농구 동아리에서 활동할 때 사법 고시를 준비하는 친구들이 있었다. 농구에 미친 학생들이었다. 좋아하는 농구를 포기하고 공부에 매진해야 했다. 사법 고시는 절대 단기간에 합격할 수 있는 시험이 아니다. 어떤 친구들은 공부하다 스트레스 받으면 농구를 하러 왔다. 주 2~3회 농구하고 술까지 마시는 친구들도 있었다.

'저렇게 공부하면 사법 고시에 붙을 수 있을까?'

나는 속으로 생각했다. 과연 그들이 합격할 수 있는지 보고 싶었다. 아무리 천재라도 그게 가능할까 의문이 들었다. 결국 그들은 계속 떨어졌다. 결국 10년 동안 합격하지 못한 친구도 있었다. 그 와중에 2년 만에 합격한 괴물 같은 녀석이 있었는데 아마추어 농구계에서는 꽤 유명할 정도로 농구를 잘했다. 근데 그 후배는 2차 시험을 6개월 앞두고는 칩거 생활을 시작했다. 그전까지는 주 1회 정도 운동도 할 겸 농구를 하러 왔었는데 시험 치기 6

개월 전부터 밖으로 아예 나오지 않았다. 그러더니 합격했다. 그리고 지금은 판사가 되었다. 합격 이후에는 원 없이 농구를 한다. 2~3년만 참으면 되는데 다른 친구들은 그걸 못 참아서 시험 기간이 늘어진다. 농구를 하는 것도 아니고 고시를 제대로 하는 것도 아닌 상태로 5~6년, 심지어 10년까지도 고시 공부를 한다.

선택과 집중을 하고 싶으면 지금 당장 본인의 목표를 적어봐라. 그리고 그것을 달성하기 위해 정말 필요한 활동과 노력 수준을 적어보자. 본인이 좋아하지만 본인의 목표 달성에 크게 도움을 주지 않는 활동도 적어봐라. 예를 들면 위에서 말한 농구 같은 취미다. 평소에 본인이 하는 모든 활동을 일단 다 적고 분류 작업을 해도 상관없다. 활동들의 분류가 끝나면 우선순위를 매겨라.

분류와 우선순위 매기기가 끝나면 이제부터 포기해야 할 활동들은 과감하게 포기해야 한다. 목표를 적고 필요한 활동을 분류하고 우선순위를 적었으면, 포기해야 하는 활동으로 분류된 것은 목표를 달성할 때까지 절대 하지 말아야 한다. 독하게 하지 않으면 절대 본인이 목표로 하는 것을 달성할 수 없다. 당신은 아직 목표를 달성할 만큼 실력이 쌓이지 않았다. 목표와 핵심 활동의 우선순위를 계속 반복해서 보면서 하루하루 선택한 활동에만 집중해라. 매일 필요한 실력을 쌓으려고 노력해라.

당신이 성공하고 어떤 분야에서 정말 실력이 뛰어나면 인맥은 알아서 따라온다. 필요한 사람, 나를 필요로 하는 사람들이 알아서 찾아온다. 억지로 인맥을 쌓으려고 노력하지 않아도 실력이 뛰어난 사람 주위에는 항상 좋은 사람이 몰려들게 되어 있다.

좋아하는 다른 활동들이 그리울 것이다. 하고 싶어 미칠 것이다. 그렇지만 이보 전진을 위한 일보 후퇴라고 생각해라. 당장은 포기한 활동을 1~2년 못할 수도 있다. 상황에 따라 3~4년도 못할 수도 있다. 아쉬워하지 말고 잠시 생각해 보자. 목표를 달성한 이후에도 그 활동이 정말 하고 싶다면 그 후에 20~30년 더 하면 된다. 인간의 평균 수명은 갈수록 길어지고 있다. 좋아했지만 포기했던 활동은 목표 달성 이후에 더 열심히 하면 된다.

멘토링을 하다 보면 엉뚱한 곳에 에너지를 쏟고 있는 멘티들을 만난다. 물론 나도 그런 시절이 있었다. 나의 행정고시 준비 기간을 입대 전후로 1기와 2기로 나눠보면, 입대 전 1기에는 나도 선택과 집중을 하지 못 했다. 연애, 게임 등 당장 재밌는 활동을 포기하지 못해서 실패했다.

1기의 실패를 토대로 2기에는 모든 것을 포기하고 고시 공부에만 집중했다. 좋아했던 활동들은 과감하게 모두 포기하고 당장 해야 하는 공부에 집중했다. 하지만 그렇게 집중했음에도 불구하고 행정고시에 결국 합격하지 못했다. 그렇지만 선택과 집중을 하며 열심히 노력했던 덕분에 엄청난 실력을 향상시킬 수 있었고 몰입하는 법도 배웠다. 그걸 토대로 앞으로 나는 어떤 일을 하더라도 원하는 것을 성취할 수 있다는 자신감도 얻었다.

인생은 시험 성적을 받는 것이 아니다. 내가 실패한 것은 원하는 시험 성적을 못 받았던 것이지 실력 향상에 실패한 것이 아니었다. 시험에는 실패했지만 실력을 키웠던 그 경험이 전투에는 패했지만 전쟁에서는 승리한 것이라고 생각한다. 나에게는 그 실패가 엄청난 자산이 되었고, 그때 실력을 쌓는 방법과 몰입하는 습관이 생겼다. 덕분에 어떤 일을 하는데 있어서 큰 도움이 되고 있다.

선택과 집중을 잘 하자. 부디 중요하지 않은 것은 당분간만 포기하자.

6

과유불급

과유불급(過猶不及)
정도(程度)를 지나침은 미치지 못함과 같다.

논어 '선진' 편에 나오는 말이다.

"자장과 자하, 둘 가운데 누가 더 낫습니까?"
자공이 스승 공자에게 물었다.
"자장은 지나치고, 자하는 모자란다."
공자가 답했다.
"그렇다면 자장이 더 낫겠네요?"
자공이 다시 물었다.
공자 왈,
"지나친 것은 모자란 것과 마찬가지다."

나에게 가장 필요한 말이다. 나도 한때는 너무 폭주 기관차처럼 달리기만 했다. 감당할 수도 없는 일들을 너무 많이 벌였다. 그렇게 열심히 살아야 한다는 마음에 내 그릇에 담지 못할 많은 양의 음식을 꾸역꾸역 눌러 담았다. 그러다가 결국 터질 것이 터지고야 말았다. 너무 많은 활동을 하려다 보니 당연히 시간이 부족했다. 온종일 밥도 제대로 못 먹고 미친 듯이 스스로 정한 일과를 마치기 위해 몰두했다. 결국 그날 밤 머리가 터질 것 같은 고통으로 잠을 못 이뤘다. 약을 먹어도 고통이 쉽사리 사그라지지 않았다.

셋째가 태어난 지 한 달밖에 안 된 시점이었는데 나는 가족은 뒷전이고 내 할 일에만 집중했다. 아내는 셋째를 돌보느라 하루하루 몸과 정신이 지쳐가고 있었다. 쌍둥이들도 만 5세여서 아직 돌봄이 필요한 시기였다. 아이들을 돌본다고 육아휴직을 해놓고 정작 육아보다는 다른 활동에 시간과 에너지를 더 많이 투입했다. 가족을 위한다는 핑계로, 우리 가족의 미래를 위한다는 자기만족으로 정작 가장 중요한 가족을 돌보지 못한 채 나 자신을 갉아먹고 있었다. 그 사이 우리 가족들의 행복도 나의 성장과 함께 갈리고 있었다.

회사에 다닐 때보다 훨씬 열심히는 살았다. 그 당시 나의 능력은 폭발적으로 성장하고 있었다. 몸은 잘 움직이고 있으니 특별한 문제가 없다고 생각했다. 두통으로 잠을 못 이룬 그날 밤까지는…

뇌가 터질 것 같은 느낌이 들자 무서웠다. 자려고 누웠는데 생각을 멈출 수가 없었다. 수많은 생각들이 나의 머릿속을 헤집으며 돌아다니고 있었다. 멈추고 싶었지만 멈출 수가 없었다.

명상을 시도했지만 잘 되지 않았다. 머리가 너무 아팠다. 두통약을 먹어도 소용이 없었다.

'큰일이다. 이건 뭔가 문제가 있다.'

이러다가 뇌가 터질 수도 있다는 생각이 들었다. 이불을 들고 거실로 나왔다. 평소 같았으면 아내를 깨워 어깨와 목을 조금 주물러 달라고 부탁이라도 했을 텐데 셋째와 밤새 전쟁을 치르고 있는 아내를 깨울 수는 없었다. 혼자 끙끙 앓았다. 목과 어깨를 열심히 마사지했다. 20분 정도 지나자 목과 어깨가 조금씩 풀리면서 뇌에 피가 통하는 느낌이 들었다. 얼른 명상 앱을 켰다. 그 후로는 기억이 없다. 2~3시간 정도 자고 일어나니 4시 40분이었다. 다행히 뇌는 진정이 된 것 같았다.

이 일을 겪고 나니 무서웠다. 자칫 잘못하면 뇌가 터질 수도 있다는 생각이 들었다. 이렇게 하면 안 되겠다는 생각과 함께 조금은 내려놓을 필요가 있다는 것을 받아들였다. 2020년 상반기의 실수를 되풀이할 것 같았다. 정도(程度)를 지나치게 투자하다가 정도(正道)를 잃어 고통스러워했던 시기가 떠올랐다. 두 가지 활동을 깔끔하게 포기했다. 내 욕심으로 참여했던 독서 모임과 스터디를 포기했다. 도저히 할 수 없을 것 같았는데도 남들이 좋다고 하고 남들보다 뒤처지면 안 되겠다는 생각으로 무작정 신청했던 것들이었다. 내 능력은 그것까지 모두 할 정도가 되지 않는다는 것을 받아들였다. 내려놓자 평안이 찾아왔다.

사람이 어떤 일을 하려면 물리적인 시간이 필요하다. 당시에 내가 계획했던 일을 모두 다 하려면 하루 24시간을 모두 투입해도 할 수 없었다. 능력이 뛰어난 사람도 그 정도 일을 모두 소화하는 것은 거의 불가능할 정도의 활동이었다. 당시의 내 능력으로도 그렇고 지금 다시 하라고 해도 못 해낼 것이라는 것을 알고 있다.

내 그릇의 크기보다 많은 양을 담으려고 욕심을 부렸다. 아직 내 그릇은 그렇게까지 커지지 않았다. 아무리 좋은 음식도 한꺼번에 너무 많이 먹으면 탈이 난다. 잘못하면 위가 찢어질 수도 있다. 근육은 고통을 느끼며 성장하지만 위는 음식을 많이 넣으면 찢어지는 고통만 느낄 뿐 성장하지는 않는다. 내 한계를 확실하게 깨달았다. 모두 다 하고 싶은 마음. 그건 욕심이었다. 그릇이 커지려면 시간이 필요하다는 것을 확실하게 경험했다.

그릇의 크기를 키우려면 물레를 돌려가며 천천히 크기를 키워야 한다. 절대 한 번에 키울 수 없다. 물레질 한 번으로 큰 그릇을 만들려는 것은 지나친 욕심이다. 그러다 보면 무너지게 되어 있다. 일을 너무 많이 벌이면서 '나는 열심히 살고 있다'라는 자기 위안을 삼으려는 사람들의 가장 큰 문제다. 나도 그랬다. 그 '열심히'는 도대체 어떤 기준인가. '열심히'의 목적과 추구하는 방향은 무엇인가. 내가 하는 행동들의 본질에 대해 다시 한 번 생각해보자.

7

친구 따라 강남 간다

"변하고 싶으면 만나는 사람을 바꿔라."

많이 들었던 말이지만 실감하지 못했다. 그동안 내 주변 사람들은 현실에 안주하며 안전한 조직 밖으로 나가기 두려워하는 사람들밖에 없었다. 그 조직이 나를 지켜주지 않는다는 것을 알면서도 지켜줄 것이라 믿고 싶은 사람들. 나도 그들 중 하나였다.

나는 셋째를 갖는 과정에서 인생의 큰 깨달음을 얻었다. 그러면서 주변 사람들도 많이 바뀌었다. 내가 만나는 사람을 바꿨다고 하는 것이 맞을지도 모르겠다. 그 이유는 변하고 싶어서였다. 갇힌 공간에서 남에게 내 시간을 통제받으며 살고 싶지 않았다. 노예처럼 살다가 흔적도 없이 사라지고 싶지 않았다. 나는 바뀌어야 했다. 어느 순간 내가 만나는 사람들, 소통하는 사람들이 바뀌고 있다는 것을 느꼈다. 그 작은 시작은 2020년 1월에 블로그로 시작되었다.

'내가 죽으면 우리 딸들은 아빠가 어떤 사람이었는지 어떻게 알지? 아빠가 어떤 마음으로 자기들을 키웠는지는 어떻게 알지? 나는 우리 부모님이 나를 어떻게 키웠는지 전혀 모르네.'

딸들에게, 내 기록을 남겨야겠다는 생각이 들었다. 기록을 남길 공간이 필요했다. 무작정 블로그를 시작했다. 그것이 시작이었다. 처음에는 무작정 아무거나 기록하기 시작했다. 나의 새벽일과, 운동 기록, 감사 일기 등 일상적인 것들을 기록했다. 책을 읽고 서평을 쓰기도 했다. 주식, 부동산 등 공부한 내용도 기록으로 남겼다. 지금 보면 창피한 기록들이다. 그래도 꾸준히 했다.

셋째 임신 소식을 듣고 아파트 청약을 해야겠다고 생각했다. 검색하다가 블로그를 통해 아파트 청약 강의를 듣게 되었고 열심히 공부하다 보니 당첨됐다. 그때부터 말도 안 되는 일들이 벌어지기 시작했다. 부동산 스터디까지 하게 되었다. 부동산 투자를 하는 사람들은 적폐 투기꾼이라는 말을 들었다. 나도 그런 적폐 투기꾼 중의 한 사람이 되었다. 그건 투자를 안 해 본 사람들이 하는 자기 위안의 말이었다. 내가 만난 스터디 멤버들은 대부분 하루하루 치열하게 사는 사람들이었다.

절대 불로소득이 아니다. 나는 그들과 함께 공부하고 많은 대화를 나눴다. 그렇게 열심히 사는 분들과 함께하니 나도 더 열심히 살게 됐다. 시야도 넓어졌다. 내가 속해 있던 조직이 우물처럼 보였다. 이전의 나는 우물 안 개구리였다. 만나는 사람을 바꾸다 보니 어느 순간 깨달았다. 그리고 나는 그 우물 밖으로 기어 나왔다.

작가님들과의 인연도 이어지기 시작했다. 카르페디엠 김은정 작가님, 황상열 작가님, 허필선 작가님, 박현근 코치님. 나와는 다른 사람들이고 내가 만날 수 없는 사람들이라고 생각했던 작가님들과 만나게 되었다. 내가 범접할 수 없는 사람들이라고 생각했던 분들과의 인연이 하나씩 이어졌다. 어떻게 시작된 지도 모르겠다. 우연히 온라인으로 연결되어 멋진 작가님들과 소통하게 되었다. 그들과 오프라인 만남까지도 하게 되었다. 작가님들과 만나서 이야기를 나누니 정말 신기했다. 마치 연예인을 만나는 듯한 느낌이었다.

SNS상에서 만난 분들, 특히 블로그를 통해 만난 분들은 하루를 열심히 사는 분들이었다. 그들은 남들과 다르게 휴식 시간에도 블로그에 자신의 글, 이 세상에 하나밖에 없는 글을 생산하고 있었다. 잠을 쪼개며 수다 떠는 시간을 줄이며 그들은 어떤 형태로든 이 세상에 자신만의 콘텐츠를 만들어 내고 있었다. 생산자의 삶을 사는 사람들이었다.

육아휴직을 하면서는 나는 만나는 사람의 90% 이상이 바뀌었다. 환경이 바뀌니 인간관계도 당연히 변하게 되었다. 어쨌든 SNS를 극도로 혐오했던 내가 SNS를 통해 소통하고 만나는 사람도 바뀌고 나도 바뀌기 시작했다. 무서운 변화였다. 2020년 1월, 블로그에 허접한 기록을 남기기 시작한 그 작은 날갯짓이 1년 만에 나를 완전히 새로운 사람으로 탈바꿈시켰다.

'사람은 변한다.'

사람은 변하지 않는다고 생각하는 분들이 많다. 사람은 변하지 않는다고 말하는 사람들에게는 강력하게 반박하지 않는다. 그렇게 믿는 사람들에게는 말해봤자 싸움만 된다. 그렇지만 나는 알고 있다. '사람은 변한다.' 변하기 어려울 수는 있어도 뼈를 깎는 노력을 하면 변하게 된다. 내가 스터디를 하면서 만난 분들, SNS에서 만난 분들 중에는 변한 사람들이 많다. 내 두 눈으로 똑똑히 봤다. 그들이 변하는 것을. 6개월 만에 완전히 다른 사람이 되는 모습도 봤다.

사람은 변한다. 변하지 않는 것은 변하지 않으려는 내 의지다. 변하려고 하면 사람은 어떻게든 변한다. "변하고 싶으면 만나는 사람을 바꿔라." 만나는 사람들이 바뀌며 나도 바뀌었다. 바뀐 정도가 아니라 다른 사람이 된다. 2020년 1월의 나와 2021년의 나는 전혀 다른 사람이다.

"친구 따라 강남 간다."

원래 자신은 할 마음이 없었는데 친구가 하니까 덩달아 하게
된다는 말이다. 나는 이 속담을 부정적 의미로 쓰지 않았다.

변하고 싶은가? 성공하고 싶은가? 강남에 가고 싶은가?
강남에 가고 싶으면 강남에 갈 친구를 만나서 따라 해라.

친구따라 강남 간다. 만나는 사람을 바꿔라.

8

인복(人福)

"인복(人福)"
다른 사람의 도움을 많이 받는 복

　나는 인복이 많다. 신기하게도 주변에 도움을 주시는 분들이
많다. 만나는 사람들을 바꾸면서 인복이 더 많아진 것 같다. 예전
에는 마당발처럼 많은 사람과 친분을 쌓고 지내기보다는 소수의
사람과 깊게 사귀는 편이었다. 그 소수의 사람도 결국에는 인연이
끊어지는 경우가 많았다. 내가 인간관계를 잘 못하는 것 같다며
자책했다.

　중학교 때 친하게 지냈던 친구도 고등학교에 가니 연락이 끊겼
다. 고등학교 친구, 대학교 친구들도 서서히 연락을 안 하게 되었
다. 속했던 집단을 떠나면 대부분 인연이 끊어졌다. 바쁘다는 핑
계로 내가 먼저 친구에게 연락하는 경우가 드물었다. 그들이 나

에게 먼저 연락해 주기만 기다렸다. 나와 친하다고 생각한다면 그들이 내게 먼저 연락할 것으로 생각했다. 착각이었다. 잘못된 생각을 고집했다. 그들도 내 연락을 기다렸을 것이다. 인연이 끊긴 것이 아니라 내가 인연을 끊은 것이다. 남이 내게 다가오길 기다리며 결국 하나둘씩 친한 사람들과 멀어졌다.

특히 고등학교 때 가장 친했던 친구 두 명과 인연이 끊긴 것이 매우 아쉽다. 정확하게 얘기하면 내가 그들을 끊어냈다. 각자 다른 분야에서 사회생활을 하다 보니 공감대가 없어졌다. 세 명 모두 다른 학교에 다니더라도 대학생 때까지는 만남을 이어왔는데 각자 회사에 들어가고 바빠지면서 관계가 소원해졌다. 서로가 연락을 하지 않다보니 누가 먼저랄 것도 없이 그렇게 관계가 끊어져 버렸다.

회사에서 만나는 사람들과는 적당한 거리를 유지했다. 원래 술을 못 마시기에 술자리도 가급적 피했다. 회사 사람들과의 대화는 별로 즐겁지 않았다. 회사 욕, 상사, 동료 욕하기 바빴다. 나도 성인군자가 아니기에 그들과 함께했다. 나는 아직도 미성숙하다는 생각이 든다.

회사라는 조직을 별로 좋아하지는 않지만, 그 안에서 소중한 인연들도 만나기는 했다. 싫어했던 집단 안에서도 나는 인복이 많았다. 한 명만 꼽으라고 하면 사우디에서 처음 1년 반 동안 모셨던 상사다. 그 상사와 사모님이 아니었다면 나와 아내, 쌍둥이는 아마 3개월도 버티지 못했을 거다. 그런 힘든 나라에서 직장 상사마저 힘들었다면 나는 극단적인 선택을 했을지도 모른다. 쌍둥이 키우는 것만으로도 하루하루가 지옥 같았다.

'이 지옥 같은 시간이 언제 끝나지? 끝이 나기는 하는 걸까?'

밤새 이런 생각을 하며 쌍둥이를 안고 버텼다. 사무실에 가서도 지옥이 이어졌다면 나는 무너졌을 것이다. 다행히 그 상사는 나에게 정말 큰 힘이 되었다. 당시에는 이런 생각할 겨를도 없었다. 쌍둥이 키우느라 상사가 좋은 사람인지 나쁜 사람인지 판단할 여유조차 없었다. 나중에 돌이켜보니 상사의 세심한 마음이 뒤늦게 느껴졌다.

쌍둥이가 태어난 지 83일째 되는 날 사우디에 갔다. 하루에 2시간도 잠을 못 잤다. 아내는 매일 울었다. 새로운 업무에 익숙해지려면 시간이 필요했다. 야근을 해도 시간이 모자라는데 상사는 나에게 이렇게 말씀하셨다.

"김과장, 얼른 퇴근해. 가서 쌍둥이 돌봐야지."

매일 저녁 6시가 되면 집에 가라고 나를 재촉했다. 그전까지는 상상도 못할 일이었다. 상사가 퇴근을 안 했는데 내가 먼저 퇴근을 했다. 6시가 되면 부랴부랴 정리하고 혼자 사투를 벌이고 있는 아내에게 달려갔다. 그때부터 밤새 또 쌍둥이와의 전쟁이 시작되었다.

상사의 사모님도 정말 좋은 분이셨다. 우리 짐을 실은 컨테이너는 우리가 사우디에 도착하고 두 달 뒤에나 도착할 예정이었다. 비행기 수화물에는 어린 쌍둥이 짐을 넣기에도 부족했다. 우리 부부를 위한 물품은 아무것도 준비해 간 것이 없었다. 도착한 첫 주말에 사모님이 밥솥, 이불 등을 바리바리 들고 오셨다. 우리가 이런 기본적인 것도 못 가져왔으리라는 것을 알고 계셨다. 감동이었다. 그 후로도 상사 내외는 우리 부부를 배려해 주시고 챙겨주셨다. 그런 힘든 나라에서 좋은 상사 내외를 만난 것은 인복을 넘어 천운이었다.

그 상사는 나보다 20살 가까이 나이가 많았다. 직장생활도 나보다 20년도 더 하신 인생 선배이자 직장 선배였다. 그분과는 정말 편하게 연락하는 사이가 됐다. 나이 차가 20살 정도 나는 분과 이렇게 교감할 수 있다는 것이 신기했다. 얼마 전에 우연히 알게 된 사실이 있다. 쌍둥이를 키우며 제대로 업무에 집중도 못 했을 사우디에서의 첫 해 평가가 내가 직장생활을 하며 받은 역대 평가

중에 최고 성적이었다. 그 상사가 내 평가를 최고로 챙겨준 것이다. 눈물 날 뻔했다. 회사에서 얻은 최고의 인복이 아닌가 싶다.

육아휴직을 하며 회사 밖으로 나왔다. 울타리를 벗어나 나와 연결될 일이 없던 사람들을 만나기 시작했다. 갑자기 엄청난 인연들이 생겼다. 감사했다. 지금도 감사하다. 보잘것없는 나와 인연을 맺어주시고 도움까지 주시는 분들께 진심으로 감사하다.

"좋은 사람 주변에는 좋은 사람들이 모인다."

내 주변에 좋은 분들이 더 많아졌다. 나를 돌아봤다. 내가 과연 좋은 사람일까? 일단 인복이 많은 것 같긴 한데 내가 진짜 좋은 사람이 맞나? 이분들이 나한테 속으신 것은 아닐까? 아직도 잘 모르겠다. 나는 누군가에게 사우디에서 만난 그 상사와 같은 인복인가?

한 가지는 확실하다. 내가 지금 좋은 사람인지는 모르겠으나 앞으로는 좋은 사람이 되려고 노력해야 한다는 것이다. 좋은 사람이 되어야 한다.

인복이 많은 사람이 되지 말자.
내가 다른 사람에게 복(福)이 되자.

PART 4

의지의 무게

1

살아지면 사라진다

"주도적으로 살지 못하면 당신은 '살아지는' 것이다. 살아지게 되면 결국 '사라지게' 된다."

나도 살아지던 때가 있었다. 앞에서 언급했지만 원했던 대학에 입학하지 못하고, 1학년 겨울방학 때 바로 행정고시를 시작했다. 시작과 함께 여자 친구가 생겼다. 하루는 여자 친구와 수업을 같이 듣고 있는데 여자 친구가 나한테 생리대를 사다 달라고 했다. 20대 초반의 숫기 없는 내가 그런 여성용품을 편의점에 가서 사는 것은 상상도 못 할 일이었다. 지금 아내가 부탁해도 들어주지 않을 것 같다. 한창 수업을 듣고 있는데 나한테 그것을 사다 달라고 했다.

"엥? 그걸 내가 어떻게 사?"

나는 당황했다. 사다 주기 어렵다는 의사를 표현하자 분위기가 좋지 않았다. 여자 친구는 삐쳤다. 말을 걸어도 대답하지 않았다. 수업을 듣다 말고 편의점으로 가서 어렵게 사다주었는데 여자 친구는 그것을 집어 던져 버렸다. 사람들이 꽉 찬 강의실에서. 나는 후다닥 가서 주워 왔다. 창피도 이런 창피가 없었다. 굴욕적이었다. 냉랭한 기운이 계속 돌았다. 당연히 수업 내용이 귀에 하나도 들어오지 않았다. 강의실을 빠져나가는데 여자 친구는 화를 내기 시작했다.

"여자 친구를 위해 그런 것도 하나 못 사다 줘?"

사실 지금도 이해는 잘 안 된다. 남자인 내가 여성용품 사는 것을 민망해하고 어려워하는 것과 여자 친구를 위하는 것은 별개의 문제가 아닐까 생각한다. 태어나서 한 번도 그것을 사본 적이 없었는데 처음으로 자신을 위해 생리대를 사준 사람에게 그렇게 화를 내야 할 일인지 모르겠다. 화를 내던 여자 친구는 결국 나에게 헤어지자고 말하고는 가버렸다. 어처구니가 없었다. 황당하기도 했지만 슬펐다. 여자 친구와 결별했으니까.

집에 돌아와 폐인처럼 게임만 해댔다. 슬픔을 잊을 수 있는 유일한 방법은 게임이었다. 몇 날 며칠을 게임만 하다가 여자 친구에게 용서를 빌었다. 결국 여자 친구와 화해하고 만남을 이어가기로 했다. 그리고 우리는 화해의 기념으로 데이트하러 갔다. 이런 일이 고시 생활하는 내내 반복되었다. 나는 여자 친구와의 관계에서 완벽한 '을'이었다. 그렇게 무늬만 고시생으로 '살아지다' 보니 고시촌에서도 '사라지게' 되었다.

회사에 들어가서도 주도적으로 살지는 못했다. 왜 그 일을 하는지 모른 채 업무에 질질 끌려 다녔다. 상사가 시키는 일을 하는 것에 급급했다. 내 가치관과 맞지 않는 일들도 있었다. 너무 부당하고 불합리한 일이 많이 벌어지고 있었다. 몇 번 부딪혀 보고서야 나의 힘으로 바꿀 수 없다는 것을 깨닫게 됐다. 회사에서는 내가 어떤 것도 주도적으로 할 수 있는 것이 없다는 타성에 젖기 시작했다.

"이거 하면 뭐할 거야? 내 인생에 아무 도움도 안 되는데… 어차피 해도 안 변해."

이런 생각으로 일했다. 상사가 부르면 마음속에 거부감부터 들었다. 어떻게 하면 일을 하지 않을 수 있을지 고민했다. 그렇게 나는 노예의 길로 서서히 들어갔다. 불평불만도 많았다. 그러다 결국 '사우디 발령'이라는 인사상의 불이익도 받았다. 내 입장에서는 억울했지만 회사 입장에서 봤을 때 나는 그곳에 적합한 직원이었다. 회사에서도 '살아지는' 길을 선택하니 결국 주류에서 '사라지게' 되었다.

나는 회사 일을 하느라 아내에게 가장 필요한 순간에 함께 하지 못했다. 가슴이 찢어지는 경험을 하면서 확실히 깨달았다. 나는 노예다. 결국, 이렇게 살아지면 정말로 사라지게 된다.

"내 인생은 내가 주도해야 한다. 내가 책임져야 한다."

셋째가 생기고 육아휴직을 결심했다. 정말 많은 고민을 했었다. 퇴사도 아니고 육아휴직을 하는 것인데도 많이 두려웠다. 하지만 나는 가족을 위해 용기를 내야 했다.

"용기는 두려워하지 않는 것이 아니라 두려움을 안고 앞으로 나아가는 것이다."

정말 멋진 말이다. 두렵지 않으면 그렇게 대단한 도전이 아니라고 한다. 나는 살아지다가 사라지는 평범한 인생을 살지 않기 위해 두려워도 매일 도전한다.

"내 인생의 주인은 나다! 내게 일어나는 모든 일은 내 책임이다!"

이 말을 새기며 나는 오늘도 성장을 위해 도전한다.

2

나중에 밥 먹자

"나중에 밥 먹자."

이렇게 말하고 나중에 밥을 먹은 경우가 얼마나 되는가? 저 말은 90% 이상 빈말이다. 우리는 모두 알고 있다. 나중에 밥 먹자는 것은 '안녕히 가시라'는 인사말과 같다는 것을…

"나중에 하겠다."

그럼 이 말은 무엇을 의미하는가? 자신의 의지에게 '잘 가'라고 인사하는 것이다. 나중에 하겠다는 결과적으로 안 하겠다는 의미이다. 나중에 하겠다는 사람 중에 진짜로 나중에 하는 사람을 본 적이 없다. 간혹 나중에 정말 하는 사람들을 보면 당황스럽다. 나중에 하겠다고 하고 실행하지 않는 사람을 너무 많이 보다 보니 자연스럽게 그렇게 내 머릿속에 자리 잡게 된 것 같다. 그런데 주

위에 실제로 이루어내는 사람들을 보면 정말 다르다. 그들은 어떻게든 실행하고 결국 성과를 만들어 낸다.

나는 나중에 밥 먹자고 하는 사람한테 이렇게 물어본다.

"언제? 괜찮은 날짜 좀 몇 개 알려줘."

물론 상대는 당황한다.

"어? 그… 그래. 언제가… 좋지?"

대부분 이런 반응을 보인다. 나중에 밥 먹자는 말이 빈말이었다는 것을 알면서도 나는 물어본다. 언제 먹을 거냐고? 상대는 처음에는 조금 당황하더라도 결국에는 가능한 날짜를 몇 개 알려준다. 그리고 그중에 하루를 골라 함께 밥을 먹는다. 처음부터 의식하고 끝까지 날짜를 물어보지는 않았다. 밥 먹자고 해놓고 다음에 연락하지 않는 사람들을 보면서 왜 그러나 했다. 그들이 나한테 연락하길 기다렸는데 연락이 오지 않았다. 근데 나 역시 밥 먹자고 말하기도 어색했다. 기다리다가 시간이 오래 지나버렸으니까. 그래서 '나중에 밥 먹자'라는 말을 들으면 그냥 즉석에서 약속 날짜를 물어봤다. 언제 먹을 거냐고. 그 자리에서 바로 날짜를 정하지 않으면 절대 안 먹을 거라는 거 아니까.

우리가 다짐하는 것도 이렇게 하지 않으면 안 된다. 뭔가 해야 하는 일이 생기면 언제, 어디서 할 것인지 바로 정해야 한다. 이걸 정하지 않으면 하지 않게 된다. 시간이 지나면 다짐은 어느새 희미해져 버리고 만다. 나중에 하겠다고 미뤄 놓고 정말로 나중에 한 경우가 얼마나 되는지.

"시간이 없어서 못 한다. 돈이 없어서 못 한다."

살면서 이런 핑계도 많이 댄다. 정말 시간이 없어서 못 하는 걸까? 돈이 없어서 못 하는 걸까? 그냥 하기 싫은 핑계를 찾는 것은 아닐까? 막상 시간이 주어지면 어찌할 바를 모른다. 시험 기간에 공부할 시간이 부족했던 경험은 누구나 있을 것이다.

"이번 시험만 끝나면 다음 시험은 예습, 복습 열심히 해서 미리 준비 잘해두어야지. 이번에는 너무 시간이 부족했어."

학창 시절 이런 생각을 한 번쯤은 해보았을 것이다. 막상 시험이 끝나고 시간이 많아지면 어떻게 할까? 시험 전에 결심했던 대로 미리 예습, 복습하고 다음 시험 준비를 미리 철저하게 잘했는가? 아마 2~3일은 친구들과 어울려서 신나게 놀다가 1~2주는 또 게임하고 쇼핑도 한다. 1~2개월이 지나 다시 시험이 일주일 앞으로 다가오면 또 급하게 공부를 하게 된다. 결국 부족했던 것은 시간이 아니라 계획을 세우고 그것을 끝까지 실천하려는 의지와 실행력이었다.

예전에 두 돌 된 아이에게 밥을 먹이면서 스쿼트 100개를 하는 엄마를 봤다. 대단하다고 생각했다. 아이한테 밥을 한 숟가락 떠먹이고 아이가 음식을 씹는 동안 스쿼트를 했다. 또 한 숟가락 먹이고 아이가 씹는 동안 스쿼트를 해서 100개를 채웠다. 이 엄마를 보면서 과연 운동할 시간이 없다는 핑계를 댈 수 있는지 생각해 보았다. 스스로를 돌아보며 반성했다. 시간이 없어서 운동과 독서를 못 하고, 돈이 없어서 배우지 못한다는 말을 과연 할 수 있는지…

얼마 전에 그 엄마와 이야기할 기회가 있었는데 10개월 만에 10kg을 감량하는데 성공했다고 했다. 여성의 10kg은 남성의 20kg과 비슷하다. 얘기를 더 들어보니 버스 기다리는 동안에도 스쿼트를 했다고 했다. 남들의 시선보다는 운동해서 임신 전의 건강한 몸으로 돌아가야 하는 것이 더 중요했던 것이다. 박수가 절로 나왔다. 워킹맘이 10개월 만에 10kg을 감량하는 것은 보통 의지와 노력으로는 힘들다. 그렇게 했기에 가능했던 일이다. 존경을 넘어 경외심이 들었다. 사람이 하고자 하면 어떻게든 다 이뤄낸다는 것을 다시 한 번 깨닫게 되었다.

못 하는 것이 아니라 안 하는 거다. 가슴에 손을 얹고 생각해 보자. 내가 못하는 건지, 안 하는 건지. 나중에 하겠다는 것은 하지 않겠다는 거다.

지금 하자! 가슴 속에 있는 그것!
지금 당장!

3

강의 중독

최근 자기계발을 하며 열심히 사는 사람을 많이 만났다. 자극
도 받고, 긍정적인 에너지도 받아서 좋았다. 그런데 뭔가 조금 이
상하다는 느낌도 받았다. 다양한 분야에 관심을 가지며 강의만
계속 찾아서 듣는 사람들이 종종 있었다. 강의 내용을 물어보면
제대로 이해를 못 하고 적용은 할 줄도 몰랐다. 강의를 듣고 실전
에 적용하지 않으면 강의 듣는 것이 무슨 의미가 있을까? 한 강의
를 듣고 절반도 소화 못 한 상태에서 다른 강의를 또 찾아서 들어
봤자 인생에 별로 도움이 되지 않는다. 수박 겉핥기만 될 뿐이다.

"나는 정말 열심히 살았는데 왜 바뀌는 건 하나도 없을까?"
"강의도 듣고 책도 열심히 읽었는데 왜 현실은 이렇지?"

이렇게 생각하며 자책하는 사람들을 보면 대부분 강의에 중독
되어 있다. 자신이 강의 중독에 걸렸다는 사실조차 깨닫지 못하고

있다. 강의를 들으며 열심히 살고 있다는 착각에 빠졌다. 강의를 듣지 않으면 그냥 노는 것 같고 공부하는 느낌이 들지 않는다. 그러니 자꾸 강의라는 마약에 손을 댄다. 강의가 내가 정한 목표에 도움이 되는지 아닌지 고민도 하지 않는다. 누가 좋다고 하면 일단 지르고 본다. 내 목표 달성에 전혀 도움이 되지 않는 강의임에도 신청하고 결제한다. 뿌듯해한다. 그래야 강의도 듣고 열심히 산다는 그 느낌에 취할 수 있으니까. 안도감에 빠져든다.

나는 고등학생 때 한 번, 고시 공부할 때 한 번 깨달았다. 공부는 혼자 하는 것이라는 것을. 아무리 스타 강사의 강의를 수십, 수백만 원씩 내고 들어도 내가 이해하지 못하면 소용이 없다.

고등학생 때 나는 국사, 사회 등 인문계열 과목들을 잘하지 못했다. 그래서 좋다는 학원 강사의 강의를 여러 번 들었다. 실력 있다는 학원 강사들을 찾아다니며 비싼 수업료를 내고 들었다. 수업 시간에는 신세계가 열리는 듯했다.

'이 선생님 수업 진작 들을 걸!'
'이렇게 쉽게 설명해 주시다니 머리에 쏙쏙 들어오네!'

이런 생각을 하며 뿌듯해했다. 그런데 시험을 보면 똑같았다. 강의 들을 때는 분명 아는 것 같았는데 문제를 풀려고 보면 생각이 나질 않았다. 아는 것 같은 착각에 빠진 것이었다. 중요한 내용은 강사님의 머릿속에만 있었다. 내 머릿속에는 그냥 어렴풋이 잔상으로만 남아있었다. 안다고 착각한 것이다.

'학원 수업 백날 들으면 뭐 하나? 내 실력은 똑같네.'

고3 여름방학을 맞이하며 이렇게 공부하면 안 되겠다고 생각했다. 과감하게 모든 학원 강의를 끊었다. 그동안 학원을 열심히 다니며 강의에 의지했는데 정말 이렇게 다 끊고 혼자 해도 되는지 확신이 서지 않았지만 이번에는 나 자신을 믿어보기로 했다.

월간, 주간 계획을 철저히 세우고 과목별 학습 사이클을 만들었다. 교과서와 문제집은 딱 한 권만 준비했다. 사회 과목들은 많은 문제집을 풀어봤자 의미 없는 것 같았다. 교과서를 읽고 이틀 뒤에 해당 단원의 문제집을 풀었다. 교과서를 읽자마자 문제를 풀면 머릿속의 잔상이 있어 더 쉽게 풀 수 있다. 그래서 이틀 뒤에 기억이 희미해질 때쯤 문제를 풀면서 내 기억을 테스트했다. 이틀 뒤에도 내 머릿속에 교과서의 내용이 남아 있으면 문제를 풀 수 있고 없다면 문제를 풀 수 없다고 생각했다. 틀린 문제는 다시 교과서를 찾아 읽고 내용을 이해하려고 했다.

이렇게 한 달 동안 공부하고 나니 교과서의 모든 내용이 머릿속으로 들어왔다. 당연히 시험 성적도 잘 나왔다. 그동안 학원 강의에 수백만 원을 쏟아 부었는데 방학 동안 학원에 다니지 않고 혼자 공부한 것이 훨씬 도움이 되었다. 물론 그동안의 학원 강의 덕분에 조금씩 실력이 쌓여 있었을 수도 있다. 전혀 도움 되지 않았다고 하는 것은 아니다. 방학 동안 혼자 공부했던 시간이 학원 강의 몇 번 듣는 것보다 실력 향상에는 훨씬 도움 되었다는 것이다.

고시 공부할 때도 마찬가지였다. 입대 전 고시생 1기 때는 강의를 듣고 혼자서는 공부를 제대로 하지 않았다. 복습할 시간이 없었다. 여자 친구랑 놀고 싸우고, 게임하고 하느라… 학원 강의도 2개씩 듣는 악수를 두기도 했다. 여자 친구가 그렇게 한다고 해서 할 수 없이 같이 다녔다. 내 실력으로는 한 과목 소화하기도 버거웠는데 두 과목을 동시에 수강하니 너무 버거워서 중간에 포기해버렸다. 그런 과정이 반복되니 당연히 합격하지 못했다.

전역 이후 고시생 2기 때는 열심히 했다. 학원 강의보다는 혼자 공부하는 시간을 최대한 확보했다. 강의는 절대 한 달에 한 개 이상 듣지 않았다. 오후에 학원 강의 일정이 있으면 오전과 저녁 시간에는 무조건 혼자 공부했다. 그렇게 각 과목의 교과서를 일곱 번 읽고 나니 전체 과목의 목차와 내용이 머릿속에 들어왔다. 책의 몇 페이지 상단, 하단 위치에 있는 그래프까지 기억났다. 실력이 엄청나게 올라갔다. 경제 이론을 현실에 적용도 할 수 있게 됐다. 스스로 경제 상황을 이해하고 이론 모형을 가지고 해석하고 적용하는 수준에 이르게 된 것이다.

강의가 필요 없다는 것이 아니라 제대로 활용했을 경우에만 빠르게 실력을 향상시킬 수 있다는 이야기를 하고 싶은 것이다. 내가 그 강의의 내용을 제대로 이해하고 적용까지 자유자재로 할수 있어야 한다는 것이다. 그렇지 않은 상태에서 자꾸 새로운 강의를 들어봤자 별로 도움이 안 된다.

죽어라 열심히 강의를 들었는데 제대로 이해를 못 하면 강의의 1% 정도의 가치도 얻지 못하는 것이다. 물론 나와 맞는 강의였을 경우 이야기이다. 나랑 맞지 않는 강의를 수강하게 되면 오히려 손해를 보게 된다. 내 시간과 에너지, 돈까지 엉뚱한 곳에 쓰게 만든다.

열심히 바쁘게 살고 있는데 뭔가 삶이 정리가 안 되고 어수선한 느낌이 드는 사람들이 많을 것이다. 이런 사람은 우선 자아성찰이 필요하다. 내가 궁극적으로 추구하는 삶, 나의 사명, 비전, 목적을 정리해서 종이에 적어보자. 그리고 그 방향에 맞는 강의라면 딱 한 개만 듣자. 내용을 90% 이상 이해하고 소화해서 적용할 수 있을 때까지는 다른 강의는 듣지 않는 것이 좋다. 어차피 듣고 싶은 강의는 매월 개설된다. 6개월이나 1년 뒤에 듣는다고 크게 손해 보지는 않을 것이다. 정말 그 강의가 필요하다는 확신이 들었을 때 듣자.

강의를 많이 듣는 것이 중요한 것이 아니라 강의를 듣고 난 이후가 중요하다. 그 강의가 현실에서 나에게 얼마나 많은 도움이 되었는지 따져보자.

4

설명과 증명

입사 이후 8년 정도 취준생(취업준비생) 멘토링을 했다. 내가 다니는 회사에는 대학생 인턴들이 많았다. 5~6개월 정도 배정된 팀에서 인턴을 마치고 학교로 돌아가는 학생들이었다. 학점 인정도 받고 나중에 면접 시 가점도 받을 수 있는 제도였다. 내가 있던 팀에 온 인턴들과 함께 일하며 지켜보니 취업 준비로 힘들어했다. 나도 그 시기를 지나왔기에 힘들어하는 그들의 모습이 안타까웠다. 어떻게 하면 그들을 도와줄 수 있을지 고민했다.

고시생 시절 2차 과목을 준비를 하며, 논술 쓰기로 글쓰기 능력을 키웠다. 대학원에서도 논문과 보고서를 많이 쓰다 보니 글쓰기에 어느 정도 자신이 있었다. 내가 잘하는 분야이기도 하고 취준생들이 가장 힘들어하는 것이 자소서 작성이라 그것을 도와주는 것으로 시작했다. 글을 쓰는 기본 틀과 방법, 노하우를 알려주고 그들이 써온 자소서를 보며 어떤 방향으로 쓰면 좋을지 같이 고민하며 방향을 잡아주었다.

처음에는 자소서 첨삭으로 시작했는데 글쓰기, 공부법, 면접, 직장 생활, 인생 등에 대한 것도 얘기해주다 보니 멘토링 비슷하게 되었다. 누가 시켜서 한 것도 아니고 돈을 받고 한 것도 아니었다. 순수하게 청년들을 도와주고 싶은 마음에서 시작했다. 그들의 실력이 올라가면 내 업무에도 도움이 되고 사회 발전에도 기여할 수 있다고 생각했다. 나아가 청년들의 가치관이 올바르게 잡히면 내 자식 세대가 사는 세상이 지금보다는 조금이라도 더 나아지리라 생각했다.

어느 날 멘티들이 자소서 쓰는 실력이 안 늘어서 답답하다고 했다. 8년 동안 계속 들었던 레파토리다. 어느 정도 시간이 지나면 내게 투정을 부리기 시작한다.

"열심히 자소서를 썼는데 실력이 안 늘어요."
"자소서를 계속 이렇게 열심히 쓰는 게 맞나 모르겠어요."
"시간 투입은 많이 하는데 보상은 못 받는 것 같아요."
"자소서 아무도 안 읽지 않나요?"

그들의 마음을 이해하지 못하는 건 아니다. 그 과정을 지나온 선배의 눈으로 바라보니 어떤 생각인지 알 수 있었다.

멘티들에게 일일 공부 시간을 기록하라고 해뒀다. 처음에는 이걸 왜 시키는지 몰랐을 거다. 빠르면 1~2개월, 조금 늦으면 3개월 정도 지나면 자소서를 왜 써야 하는지 모르겠다거나 글쓰기 실력이 늘지 않는다고 말하기 시작한다.

그동안 기록해둔 일일 공부 시간을 엑셀로 정리하라고 했다. 순수하게 자소서나 글쓰기에 투입한 시간만 따로 정리하게 했다. 일일 공부기록 데이터를 같이 봤다. 자소서나 글쓰기에 투입한 시간이 하루 2시간이 채 안 되는 날이 많았다. 중간에 2~3일씩 빠진 기간도 많이 보였다. 심지어 1주일 이상 아예 글을 쓰지 않은 기간도 있었다. 100일 동안 글쓰기에 투입한 총 시간이 200시간도 되지 않았다. 하루 평균 2시간도 투입하지 않았다는 것이다. 그나마 매일 2시간이라도 글을 쓰면 괜찮다. 근데 띄엄띄엄한 날이 많았다.

멘티들은 억울해하며 어떤 날은 온종일 했다고 말한다. 5~6시간 자소서를 쓴 날이 간혹 있긴 하지만 정말 종종 자소서를 내야 하는 마지막 날에 5~6시간씩 몰아서 쓰고, 제출하고 나면 일주일 이상 글을 쓰지 않았다. 말로 아무리 열심히 했다고 해봐야 증명할 수 없다. 객관적인 공부 시간 기록을 보면 누가 봐도 열심히 한 것이 아니다. 증명은 실력을 키워서 글로 보여주면 되는 거다. 저렇게 시간을 투입해놓고 실력이 늘길 바라면 도둑놈 심보다.

"노력은 설명하는 것이 아니라 증명하는 겁니다. '증명'되지 않은 노력에 대해 아무리 '설명'해도 '변명'밖에 되지 않습니다."라고 멘티들에게 말해 주었다.

비단 글쓰기에만 해당하는 것이 아니다. 모든 분야에서 내가 어떤 노력을 했는지는 스스로 증명해야 하는 거다. 특히 결과로 보여줘야 한다. 아무리 내가 미친 듯이 노력했다고 떠들어봐야 아무도 믿어주지 않는다.

새벽 기상, 10시간 공부에 대해서도 많이 이야기했다. 특히 멘티들에게 새벽 기상과 하루 10시간 공부는 꼭 해야 한다고 조언했다. 내가 고시를 하면서 터득한 시간 관리법도 알려줬다. 군대 가기 전의 무늬만 고시생 경험과 군대 전역 이후에 제대로 1만 시간을 투입해서 실력을 올린 노하우를 전달했다. 반응은 대부분 뜨뜻미지근했다. 하기 싫어하는 것이 보였다. 그들은 핑곗거리를 찾기 시작했다.

"저는 야행성이라 새벽에 일어나면 집중이 안 돼요. 밤에 집중이 더 잘 돼요."
"새벽에 일어나면 몸이 너무 아파요."
"10시간 공부할 물리적 시간이 없어요."

미안하지만 이런 말은 모두 핑계다. 그냥 하기 싫은 거고 할 자신이 없는 거다. 저런 대답을 들으면 나는 열변을 토한다. 그러지 말아야지 하면서도 어쩔 수가 없다. 새벽 기상, 특히 하루 10시간 공부는 꼭 해야 한다고 강요 아닌 강조를 하면 돌아오는 답변은 보통 이렇다.

"해보겠습니다. 노력해 보겠습니다."

보긴 뭘 보겠다는 것인가? 간을 보겠다는 것인가? '해보겠다'는 말은 해보고 안 되면 말 거라는 여지를 남겨두는 것이다.

"한 번 해봤는데 역시나 나랑은 안 맞아."
"나는 새벽형 인간이 아니야."
"하루 10시간 공부는 천재들만 할 수 있는 거야."

이런 생각을 미리 깔고 들어가는 거다. 한두 번 시도하다가 힘들면 포기하고 나랑은 맞지 않는다는 자기합리화를 하려고 준비 중인 대답이다. 이런 마음가짐으로는 절대 성공할 수 없다. 시작하기도 전부터 나는 못 할 거라는 마음이 있는데 어떻게 그것을 해낼 수 있겠는가?

"대답부터 바꾸세요!"

"자! 따라 하세요!"

"하겠습니다! 반드시 해내겠습니다!"

마지막 나의 일침이다. '해보겠다'가 아니라 '하겠다. 반드시 해내겠다.'가 올바른 대답이다. 노력은 실력으로 증명해내자.

5

마지막 태권도 시합

내가 5학년이 되던 해에 동네에 초등학교가 새로 생겼다. 5학년부터 집 가까이 새로 생긴 초등학교를 다니게 되었다. 6학년은 중학교 진학을 앞두고 있어서 새 학교로 옮기지 않고 기존의 학교를 다니기로 해서 학교에 6학년이 없었다. 처음 학교가 생기다 보니 없는 것이 많았다. 어느 날 체육 선생님이 나를 조용히 불렀다.

"태권도 대회 한번 안 나가볼래?"

당시 나는 취미로 태권도장을 다니고 있었다. 선생님께서 그 사실을 아시고 이야기하셨던 것 같다. 갑자기 선생님이 대회를 나가라고 하니 다소 당황했다.

'그냥 대회 한 번 나가는 거겠지.'

이런 생각으로 알겠다고 했다. 부모님도 별로 반대하지 않으셨다. 경험삼아 대회 한 번 나가는 것으로 생각하셨던 것 같다. 나도 그랬으니까. 그렇게 대회 준비가 시작 되었다. 시간이 지나고 보니 내가 우리 초등학교 태권도부 창설 멤버가 되어 있었다. 1명밖에 없는 태권도부였다. 지금 생각하니 선생님께 미션이 주어졌던 것이 아닐까 생각한다. 체육 선생님은 태권도의 '태'자도 모르는 분이었다. 그러다 보니 특별한 지도를 해주지도 않으셨다.

원래 다니던 도장의 관장님과 사범님께서 모든 과정을 준비해 주셨다. 하드 트레이닝을 시키고 체중 관리도 해주셨다. 고통스러웠다. 6학년에 올라가자 첫 대회에 나갔다. 전국 소년체전 미들급으로 참가하게 되었다. 다들 체중 감량을 해서 출전한다고 했다. 사실 훈련보다 체중 감량이 더 힘들었다.

'내가 이걸 왜 하겠다고 했지?'

포기하고 싶은 순간이 많았다. 내가 하겠다고 했으니 꾹꾹 참으며 버텼다. 그렇게 대회 날이 되었다. 생각보다 잘하는 친구들이 별로 없는 것 같았다. 근데 태권도 선수가 되려고 준비 중이라는 녀석이 눈에 띄었다. 이야기를 들어보니 역시 강력한 우승 후보였다.

나는 나름 초등학생 중에 체격 조건도 좋고 운동신경도 있었기에 쉽게 이기며 올라갔다. 첫 출전인데 너무 쉽다는 느낌이 들었다. 결승에 가니 아까 봤던 강력한 우승 후보 선수와 만났다. 나보다 체격은 작은데 엄청 다부졌다. 실력이 장난이 아니었다. 발이 보이지 않았다. 상대의 발이 내 얼굴을 강타하기도 했다. 쉽지 않았다. 3라운드 종료! 숨이 가빴다. 왜 이렇게 힘든지.

"우승!"

상대 선수가 우승했다. 나는 은메달을 받았다. 나름대로 열심히 준비했는데 금메달을 받지 못하니 아쉬운 마음이 들었다.

나는 공부를 잘하는 편이었고 부모님도 운동을 시킬 생각이 전혀 없으셨다. 근데 다소 황당하게 태권도부 창설 멤버가 되었고 대회에 나갔다. 그리고 은메달을 땄다. 우승은 못 했지만 선생님 입장에서는 쾌거의 성적이었을 거다. 다음 대회는 여름이었다. 회장기였나 교육감기였나 정확하게 기억은 나지 않지만 아무튼 자연스럽게 두 번째 대회 준비를 시작했다.

맨발로 도로를 달렸다. 발바닥에 돌도 박히고 유리도 박혔지만 매일 달렸다. 맨발로 도로를 달리라고 한 것은 내 숨어 있는 정신력을 끌어내려는 사범님의 의도였던 것 같다. 숨이 넘어갈 정도로 훈련했다. 발차기하다 토할 뻔한 적도 있었다. 토할 때까지 한다는 말을 실제 경험했다. 입에서 단내가 난다는 말도 알게 되었다. 죽기 살기로 훈련에 몰입했다.

두 번째 대회 날이 되었다. 이번 대회의 강력한 우승 후보도 역시나 봄에 우승했던 그 녀석이었다. 나도 이를 갈고 나왔다. 결승에서 우리는 또 다시 맞붙게 되었다.

시작과 동시에 기합을 넣었다.

"아~~~~~악!!!" (글로는 표현이 안 된다.)

이상했다. 생각보다 상대의 움직임이 잘 보였다. 봄에 만났을 때와는 다른 느낌이었다. 상대의 공격은 잘 피했고 내가 원하는 공격을 계속 성공시켰다. 내 발차기가 상대의 가슴, 얼굴에 가서 잘 꽂혔다. 차근차근 포인트를 쌓았다.

'이번에는 내가 이겼다.'

속으로 생각했다. 시합이 끝나기도 전에 알 수 있었다.

"우승!!!"

내가 우승했다. 그렇게 나는 금메달을 목에 걸 수 있었다. 감격의 순간이었다. 비록 초등학교 6학년이긴 했지만 금메달을 받았다. 살면서 금메달을 목에 걸어 본 사람은 많지 않을 것이다. 공부로 상을 받았을 때의 느낌과는 달랐다.

죽기 살기로 노력하니 짧은 기간이긴 했지만 실력이 엄청나게 올라갔다. 첫 대회에서는 상대의 움직임을 따라가기조차 바빴다. 지옥 훈련을 이겨내고 다음 대회에서 만났더니 내가 상대를 마음대로 요리할 수 있게 됐다. 분명 같은 상대인데 내가 바뀐 것이다. 돌이켜보니 정말 신기한 경험이었다.

초등학교 졸업을 앞둔 겨울, 그 해 마지막 태권도 대회에 참가했다. 우리 학교 태권도부도 5학년 후배가 3명이나 들어왔다. 내가 2번이나 메달을 따오는 것을 보고 같이해보겠다고 들어온 친구들이었다. 그 대회를 마지막으로 나는 더 이상 태권도를 하지 않기로 했다. 부모님께서 반대하셨다. 운동선수의 길은 너무 힘드니 원래 잘하는 공부를 그냥 계속하라고 하셨다. 마지막 대회이니 더 열심히 준비했다. 엄청나게 잘하는 다크호스가 한 명 나온다는 소문이 돌았다. 지난봄과 여름 대회에는 출전하지 않았던 녀석이다. 도장 사범님도 대비를 잘해야 한다고 계속 이야기하셨다. 차원이 다른 녀석이라고 했다. 중학생 태권도 선수까지 섭외해서 나와 대련도 시켜주셨다. 중학생 선수 형한테는 가슴에 발차기 한대 맞고 호흡 곤란까지 왔었다. 죽는 줄 알았다. 실력 차이를 제대로 실감했다.

'이런 수준이라고?'

살짝 겁이 나기도 했다. 벽이 느껴졌다. 그래도 끝까지 최선을 다해 준비했다. 마지막 대회 날이 되었다. 그 녀석을 봤다. 나보다 키도 크고 까무잡잡한 피부에 몸도 날렵하고 단단해 보였다. 그냥 누가 봐도 짐승 같았다. 그 녀석과도 결승에서 만났다. 기합 소리부터 남달랐다. 몇 번 발차기를 주고받아보니 나보다 훨씬 잘한다는 것을 알 수 있었다. 1라운드, 2라운드를 겨우겨우 버텼다. 누가봐도 상대가 우세한 경기였다.

마지막 3라운드가 되었다. 도망 다니나 맞붙으나 시합의 결과는 이미 정해진 것 같았다. 가슴이 터질 것 같고, 숨이 턱까지 차올랐다. 도망 다니기 바빠서 숨이 찼나 보다. 어차피 진 시합이니 될 대로 되라는 심정으로 돌격하기 시작했다. 내 숨이 끊어지든 말든 상대가 들어오든 말든 그냥 막무가내로 들이댔다. 상대에게 내가 배운 모든 기술을 동원해서 무차별 공격을 퍼부었다. 그 녀석이 갑자기 당황했다. 역전되었다. 상대가 도망 다니기 바빴다. 몇 번 유효한 공격도 성공시켰다. 시간이 부족했다. 상대가 도망만 다니니 공격할 기회를 찾기도 쉽지 않았다. 그렇게 3라운드가 종료됐다.

"우승!!!"

그 녀석이 우승했다. 반전은 없었다. 나는 은메달을 받았다. 내 인생의 마지막 태권도 대회였다. 금메달로 멋지게 마무리하고 싶었는데 아쉬웠다. 하지만 마지막 라운드는 내가 이겼다. 내 인생 마지막 태권도 시합의 마지막 라운드는 내가 우승했다. 그 마지막 라운드는 나한테 많은 것을 깨닫게 해줬다. 상대의 실력이 나보다 뛰어나도 기세로 이길 수도 있다는 것을. 사람이 죽기 살기로 하면 능력을 뛰어넘는 일을 해낼 수 있다는 것을. 군대에 가기 전까지는 잊고 살았지만, 태권도 선수를 하며 얻은 경험과 깨달음이 내 잠재의식 속에 항상 있었던 것 같다. 그것들이 군대에서 갑자기 튀어나온 것이 아닐까 생각한다.

1년이 조금 넘는 기간 동안 선수 생활을 하며 금 1개, 은 2개의 메달을 받았다. 시의 대표 선수가 되는 방향으로 진로를 정할 수도 있었지만 나는 착한 아들이라 부모님 말씀을 따라 공부를 계속하는 것으로 진로를 정했다. 그때 태권도 선수를 계속했으면 내가 제2의 '문대성'이 되었을지도 모른다.

후회는 없다. 세상에 '만약'이라는 것은 없지 않은가. 나는 지금의 내 모습에 만족한다. 초등학교 때 태권도 선수 생활과 대회 참가 경험은 내 인생에 큰 자산이 되었다. 능력의 한계치를 뛰어넘어 본 소중한 경험이었다. 그리고 나는 조금 강한 의지를 갖게 됐다.

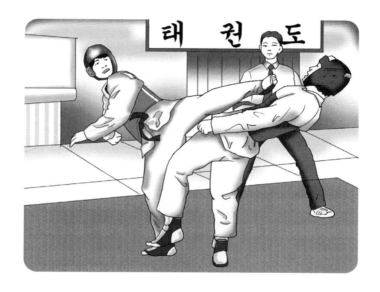

태권도 선수생활을 통해 얻은 강한 의지

6

6개월 만에 20kg 감량한 이야기

나는 한때 살이 많이 쪘었다. 군대 가기 전에 고시 공부를 하면서 폐인 생활을 했더니 체중이 93kg까지 급격하게 불어났다. 세 번의 시험에 떨어지며 내 몸에는 살이 계속 붙었다. 가장 몸무게가 많이 나갔던 시절이다. 옷이 작아져서 입을 때 너무 힘들었다. 정확하게는 옷이 작아진 게 아니라 내 몸이 커진 거다.

1차 시험 제도가 바뀌기 때문에 더 이상 고시를 할 수가 없었다. 나는 고시를 포기하고 군대에 가기로 했다. 도피였다. 어차피 무늬만 고시생이었으니 그런 식으로 계속 공부해도 붙을 수 없다는 사실을 알고 있었다. 전환점이 필요했다.

나는 입대를 고민하며 복학했다. 1년 정도 학교에 다니다가 군대에 갈 생각이었다. 그런데 어느 날 동네를 거닐다 보니 못 보던 무에타이 체육관이 하나 생겼다. 중학생 때부터 무에타이를 배우고 싶었다. 중학교 때 무에타이를 배우던 친구들이 있었는데 싸움을 곧잘 했다. 나도 무에타이를 배우면 싸움을 잘할 수 있을 것 같다는 착각이 들었다. 지금 생각해보니 싸움은 기술이 아니라 깡이 중요한데 그걸 몰랐다.

어차피 입대 전까지는 학교만 다니면 되었기에 비교적 시간의 여유가 많아서 무에타이를 배우기 시작했다. 예전부터 배우고 싶었던 운동이고 불어난 체중 때문에 어떤 운동이든 필요한 상황이었다. 어렸을 때 태권도 선수도 했으니 무에타이도 재밌게 할 수 있을 것 같았다.

그런데 그건 나의 착각이었다. 태권도와 무에타이는 차원이 다른 운동이었다. 너무 힘들었지만 포기하지 않고 매일 나가서 시키는 대로 했다. 줄넘기, 섀도복싱, 샌드백 치기, 미트 치기, 스파링 등. 두 달 정도 하니 어느 정도 실력이 올라왔다. 어느 날 관장님이 나를 상담실로 불렀다.

"대회 나가볼 생각 없어?"

헉! 나한테 무에타이 대회에 나가볼 생각이 없냐고 물어보셨다. 태권도 시합과는 다르다. 무에타이는 실전 무예다. 이가 나가고 눈이 찢어지고 뼈가 부러질 수도 있는 수준이었다. 잠시 고민했다.

"예, 나가볼게요."

무슨 깡이었는지 나가겠다고 대답했다. 대회는 6개월 뒤였다.

'오 마이 갓! 나 지금 뭐한 거니? 뼈 부러지면 어쩌지? 크게 다치면 어쩌지?'

별의별 생각이 다 들었다. 근데 그것보다 더 심각한 문제가 체중 감량이었다. 물론 살을 좀 뺄 생각으로 무에타이를 시작했다. 93kg이 넘는 체중으로 시작했는데 두 달 정도 했음에도 여전히 체중은 그대로였다. 근데 관장님과 사범님은 나에게 미들급으로 나가라고 하셨다. 미들급 체중은 73kg인데 나의 체중은 93kg이었다. 6개월 만에 20kg을 빼야 했다. 20kg 쌀 포대를 내 몸에서 덜어내야 했다. 그때부터 초고강도 훈련이 시작되었다. 오전 9시쯤 일어나서 뒹굴뒹굴하다가 점심은 우유에 시리얼로 대충 먹고, 오후 1시부터 체육관에서 훈련을 시작했다.

달리기 4km
줄넘기 30~40분
섀도복싱
샌드백 훈련
사범님과 미트 훈련

이렇게 운동하면 2시간 30분~3시간 정도 소요되었다. 숨이 턱에 차오를 때까지, 진짜 토할 때까지 훈련을 했다. 실제로 구역질이 나와서 화장실로 뛰어간 적도 있었다. 샤워하고 잠시 쉬고 다시 오후 5시~6시에 관장님께서 가져오신 도시락으로 간단하게 허기를 채웠다. 그리고 1시간 정도 소화를 시키고 7시부터 저녁 운동을 다시 시작했다. 달리기만 제외하고 오후 운동과 똑같이 했다. 강도는 오후보다는 조금 약했지만 쉽지 않았다. 2시간 정도 운동하면 저녁 9시였다. 샤워하고 정리하면 저녁 9시 30분~10시가 되었다. 지친 몸으로 집에 돌아오면 우유에 시리얼로 허기진 배를 채우고 이내 잠들었다.

운동량 : 오후, 저녁 통합 5~6시간
식사량 : 우유 +시리얼 2회(점심, 야식), 밥 정말 조금(저녁)

식단을 조절하고 고강도 운동을 계속하니 몸무게가 급격히 빠졌다. 5개월 만에 14kg이나 뺐다. 그래도 아직 미들급 제한 체중인 73kg까지 가려면 멀었다. 대회가 일주일 앞으로 다가왔다. 내 체중은 아직 79kg이었다. 6kg이나 더 빼야 했다. 큰일이었다. 계체량을 통과하지 못하면 링 위에 올라가지도 못하기에 특단의 조치가 내려졌다. 운동 후에 물도 마시지 못하게 되었다. 입에서 단내가 날 때쯤 따뜻한 물을 잠시 입에 물고 있다가 뱉게 하셨다. 정말 고통스러웠다.

한 번은 사범님이 사우나에 데려갔다. 사우나 안을 들어갔다 나왔다 반복하게 했다. 사우나 안에서 팔굽혀펴기도 시켰다. 몸이 타들어 갈 것 같아서 뛰쳐나가려고 하는데 사범님이 문을 막고 못 나가게 하셨다. 마지막 일주일은 정말 지옥 같은 날의 연속이었다. 지금 생각하면 그걸 어떻게 버텼는지 모르겠다. 대회 당일이 되었다. 체중을 재기 직전까지도 땀복을 입고 줄넘기를 30분 정도 했다. 나만 그런 것은 아니고 대회에 나온 모든 선수가 다 그러고 있었다.

체중계에 올라갔다.
72.5kg!!! 통과다.

6개월 만에 20kg을 감량하는 데 성공했다. 내가 해냈다. 불가능할 것 같은 일을 해냈다. 대회의 승패가 중요한 것이 아니라 긴 시간 동안 갖은 유혹을 이겨내고 목표한 것을 달성했다는 것이 중요했다. 그런 경험이 있었기에 다른 분야에서도 무식하게 버틸 수 있었다고 생각한다. 그리고 상대를 KO 시키고 우승도 했다.

내가 해보니 6개월 동안 20kg 감량할 수 있다.
1주일 만에 6kg 감량도 가능하다.
사람이 하고자 하면 다 할 수 있다. 하게 된다.

7

진짜 실력

나는 영어를 정말 못했다. 고등학교에 갔더니 친구들이 내 영어 실력은 초등학생 수준이라고 했다. 미국인 초등학생 수준이 아니라 한국 초등학생 수준을 말하는 거다. 인정한다. 영어 과외도 받고 죽어라 단어 외우고 문법도 공부해서 겨우 학교 시험만 어느 정도 점수를 받는 수준으로 만들었다.

대학에 가서는 영어를 거의 공부 하지 않았다. 원래 언어를 별로 좋아하지 않았다. 토익이라는 시험도 처음 봤다. 1학년 때 처음 본 토익이 500점대가 나왔던 것으로 기억한다. 토익은 600점 만점이 아니다. 그렇게 영어를 못 할 수가 없었다. 당연히 외국인과의 대화는 힘들었다.

군대 가기에는 나이가 꽤 많은 편에 속했다. 토익 학원을 조금 다녀서 700점이 갓 넘는 수준으로 만들고 그 점수로 카투사

(KATUSA)에 지원했다. 운 좋게 붙었다.

논산 훈련소에서는 일반 한국군과 함께 훈련을 받았다. 5주간의 훈련이 끝나고 3주는 카투사 교육대(KTA; KATUSA Academy)에서 후반기 교육을 받았다. 모든 수업과 훈련은 영어로 진행되었다.

우여곡절 끝에 카투사 교육대에서의 3주 교육을 모두 마치고 자대에 배치 받았다. 역시나 영어 때문에 힘들었다. 막사에서 미군이 지나가다 내게 말을 걸면 대답하지 않았다. 선임들이 미군들과 대화를 못 하게 막은 것도 있었지만 내가 그들과 말 섞는 게 두려웠다. 괜히 대답했다가 계속 질문하면 골치 아플 것 같았다.

"왓츠 업? (What's up?)"

미군의 이런 인사에도 뭐라고 대답해야 할지 몰라 그냥 지나갔다. 나중에 미군들과 친해지고 들었는데 처음에 내가 벙어리인 줄 알았다고 했다. 그 정도로 영어를 못 했다. 다행히 일과 중에 한국 군무원들이 많은 부서에 배치되어 영어 쓸 일이 거의 없었다. 이걸 다행이라고 하는 것 자체가 웃긴다. 미군과 함께 일하는 곳에서 미군과 대화할 일이 없어서 좋아한다니. 미군 상사가 있긴 했지만 내게 거의 말을 걸지 않았다. 업무는 대부분 한국 군무원들과 했다. 그래도 이건 아니라고 생각했다. 다른 사람들이 볼 때 카투사는 영어를 잘한다고 생각한다. 창피했다.

'카투사에 왔는데 영어를 못 한다니 창피하다. 나도 영어 좀 잘하고 싶다.'

영어 실력 높이는데 받아쓰기(딕테이션)와 따라 읽기(섀도 리딩)가 좋다고 해서 무작정 시작했다. 중학교 1학년 수준의 문장들이 나오는 책과 카세트테이프를 구했다. 정말 기초 단계에서부터 시작했다. 매일 일과가 끝나면 1시간 동안 받아쓰고 1시간 동안 테이프를 들으면서 따라 읽었다. 6개월 동안 하루도 빠지지 않고 했다.

어느 날 같이 일하는 군무원께서 말씀하셨다.

"영어가 엄청 늘었네?"
"공부했어요? 되게 자연스러워졌다."

내가 미군 상사와 대화하는 것을 옆에서 듣다가 영어 실력이 갑자기 늘어서 놀랐다고 했다. 나도 모르는 사이 내가 영어를 굉장히 자연스럽게 구사하고 있었다. 놀라운 발전이었다. 토익 시험도 봤다. 입대 이후로 토익책은 한 권도 보지 않았고 학원도 다니지 않았는데 900점이 넘었다. 점수를 받아보고 나도 깜짝 놀랐다.

카투사에 있어서 영어가 늘었던 것이 아니냐고 할 수도 있겠지만 아니다. 앞서 이야기했지만 나는 한국인들과 주로 일을 했다. 하루에 영어로 대화하는 시간은 다 합쳐야 3분이 채 되지 않는 날이 많았다. 어떤 날은 한 마디도 영어를 하지 않았다. 내 영어 실력을 올려준 것은 받아쓰기(dictation)와 섀도 리딩(shadow reading)이다. 특히 섀도 리딩이 많은 도움이 됐다.

한국 사람들은 영어에 대한 로망이 있다. 영어를 잘하고 싶어한다. 토익 학원에 등록하고 몇 달 동안 다녀서 토익 900점을 넘긴다. 정작 외국인과 대화는 한마디도 하지 못한다. 진짜 영어를 배우는 것이 아니라 영어 시험을 잘 보기 위한 공부를 한다. 그건 진짜 실력이 아니다.

영어를 잘하게 되면 영어 시험도 잘 보게 된다. 높은 시험 점수가 목적이라면 약간의 시험공부는 필요하다. 하지만 진짜 영어를 잘하고 싶은 것이 목적이라면 영어를 배우면 된다. 영어 시험을 위한 테크닉을 배울 필요는 없다. 내 방법이 무조건 옳다는 것은 아니다. 어쨌든 나는 딕테이션과 섀도 리딩으로 6개월 만에 진짜 영어를 하게 됐다.

영어, 운동, 글쓰기, 독서 등 무엇이든 의지를 갖고 꾸준히 하면 실력을 키울 수 있다. 그 영어 못하던 내가 6개월 만에 했으면 누구나 다 할 수 있다. 출발선이 다른 것은 문제 되지 않는다.

절대 포기하지 말자.
불굴의 의지로 무장하자.
진짜 실력을 키우자.

8

치열한 취침 알람

"자신이 치열하게 살고 있다고 생각하시는 분은 손을 들어 보세요."

50여 명이 있는 강의장에서 강사님이 물었다. 몇 명이 손을 들었는지는 모르겠다. 나는 손을 들었다. 맨 앞자리에 앉아 있어서 뒤를 볼 수 없었다. 살짝 뒤를 돌아보니 대부분의 사람이 손을 들지 않았던 것 같다. 3~4명 정도 손을 들었나 보다. 강사님이 물었다.

"손을 들지 않은 분들은 왜 치열하게 살지 않으십니까?"

자신이 치열하게 살고 있지 않다고 생각하는 사람들이 많다. 많은 사람이 자신을 바꾸고 싶어 한다. 지금 자신의 모습, 위치에 만족하지 못한다. 변하려는 마음은 있는데 시간이 없다는 핑계를 댄다. 시간이 없다고 말하는 사람들을 가만히 보면 시간을 낭비하고 있다. 아무렇지 않게 쓰는 그 1분, 1초가 아깝다는 생각을 못 하고 있다. 잘 생각해보자. 시간이 없다는 것은 핑계다. 없는 것은 변하고 싶은 마음과 의지다. 정말 변하고 싶은 사람은 눈빛부터가 다르다. 절대 시간을 허투루 쓰지 않는다. 죽을 힘 다해 치열하게 산다.

나는 치열하게 살고 있다고 자신 있게 대답할 수 있기에 손을 번쩍 들었다. 나는 해야 할 일이 너무 많아서 하루에 4시간 30분 이상 잘 수가 없다. 16년째 새벽 기상을 하고 있다. 그렇게 잠도 안 자고 시간을 쪼개가며 하는데도 해야 할 일이 끊임없이 있다. 그래서 나는 1분 1초가 정말 소중하다. 매일 성장하기 위해 사력을 다한다. 그냥 노력하는 정도가 아니라 죽을힘을 다한다.

온종일 치열하게 살다 보니 몸이 녹초가 될 때가 있다. 너무 피곤해서 누우면 바로 곯아떨어질 것 같은데 머리가 식지 않아서 잠을 못 이루는 날도 많다. 이런저런 생각을 하느라 머리가 팽팽 돈다. 2~3시간밖에 못 자는 날에도 나는 4시 30분에 기지개 한 번 펴고 벌떡 일어난다.

참여하는 단체 채팅방들에 아침 인사를 남긴다. 그리고 양치하고 세수를 한 다음 차를 끓인다. 물이 끓는 3분 동안에도 간단하게 운동을 하고 차를 마시며 명상을 한다. 내 목표를 10번 쓰고

90번 외친다. 마지막으로 글을 쓰거나 운동을 한다. 4시 30분부터 7시까지의 내 새벽 일과다.

잠은 몇 시에 자는지, 몇 시간 자는지 물어보는 분들이 많다. 나는 보통 12시에 잔다. 미라클 모닝의 핵심은 잠을 줄이는 게 아니라 일찍 잠자리에 드는 거다. 근데 나는 그럴 수가 없다. 지금 상황에서는 더 많이 잘 수가 없다. 나는 밤 10시 50분에 알람을 맞춰 놓았다. 남들은 기상 알람을 맞추지만 나는 취침 알람을 맞췄다. 이제 그만하고 자러 가라는 알람이 울린다. 알람을 끈다. 못다한 일과를 하다 보면 어느새 12시다.

신세 한탄하는 사람을 보면 안타깝다. 시간이 없다는 말로 자기 합리화를 하는 사람은 더 안타깝다. 변하고 싶다고 말만 하는 사람을 보면 안타까움을 넘어 짠하다. 그렇게 말만 하다 끝날 것 같다. 그들에게 제발 하나라도 행동을 바꾸라고 말한다. 변하기 위해 할 수 있는 작은 것 하나라도 행동으로 옮기라고 한다. 대부분은 하지 않는다. 그들이 진정 원하는 것을 달성할 때까지 만이라도 치열하게 살면 좋겠다. 3년~5년만 치열하게 살면 30년~50년 후의 미래가 바뀐다.

치열하게 살지 않고 있는 사람은 덜 간절하고 덜 절박한 것이다. 그런대로 살만한 것이다. 정말 급하면 치열하게 살게 되어 있다. 인생의 바닥을 쳐본 사람, 다시는 그런 고통을 겪고 싶지 않은 사람은 절대 시간을 낭비하지 않는다. 하지 말라고 해도 죽을힘을 다해 치열하게 살게 된다. 호랑이가 쫓아오는데 안 뛸 사람이 있겠는가?

"지금 잠을 자면 꿈을 꾸지만 지금 공부하면 꿈을 이룬다."

하버드 대학 도서관에 적힌 문구 중 하나라고 한다. 그들이 그렇게 치열하게 공부하는 것은 간절하게 이루고 싶은 꿈이 있기 때문이다. 절대로 실패하고 싶지 않은 절박함이 있는 것이다. 나도 그렇다. 나에게는 다시는 겪고 싶지 않은 과거의 실패들이 있다. 대학 입시 실패, 고시 실패, 몸 관리 실패, 유학 실패, 직장 생활 실패, 해외 생활 실패, 건강한 셋째 만나기 실패. 이런 실패들은 내게 너무 가혹했다. 죽을 것 같은 고통도 겪었다. 나만 겪은 것이 아니다. 나 때문에 가족까지 함께 눈물을 흘렸다. 다시는 그런 일을 겪고 싶지 않다. 내가 사랑하는 사람들이 나 때문에 눈물 흘리게 만들고 싶지 않다. 나는 간절하다. 절박하다. 1분 1초를 허투루 쓸 수 없다.

"당신은 지금 치열하게 살고 있습니까?"

누가 나에게 지금 이렇게 물으면 나는 주저하지 않고 '그렇다'

라고 대답할 수 있다. 여러분은 지금 자신 있게 대답할 수 있는가? 망설여진다면 자신을 바꿔보자.

기상 알람을 끄고 더 자는 사람이 아니라, 그만하고 자러 가라는 취침 알람을 끄고 그날 계획한 일들을 끝까지 마무리하는 사람이 되어 보자.

PART 5

삶의 무게

나도 꼰대?

얼마 전에 1년 정도 멘토링을 했던 멘티가 찾아왔다. 취업했다고 맛있는 밥을 사주겠다고 했다. 출근은 다음 주 월요일부터라며 입사 서류 준비하느라 정신없는 와중에도 멀리서 나를 찾아와 감사의 표시를 했다. 정말 고마웠다.

밥을 먹고 커피를 마시며 이야기를 나누다 보니 이 친구의 앞날이 걱정되기 시작했다. 갈피를 못 잡고 있었다. 취업한 회사가 별로 마음에 들지 않는 곳이라 그런지 입사하기도 전부터 이직을 고민하고 있었다. 대기업이나 공공기관에 들어가고 싶어 했으나 코로나 때문에 취업 시장이 많이 힘들었고 원하는 회사에 취업하지 못했다. 생각보다 취업 준비 기간이 길어져 자존감이 떨어졌고 현실적인 대안을 찾아 중견기업에 합격했다.

취업을 축하하는 자리여서 인생 조언 같은 꼰대 같은 이야기는 하지 않으려고 했는데 멘티의 이야기를 계속 듣다보니 이건 아니라는 생각이 들었다. 이런저런 본인의 고민을 털어놓았다. 합격한 회사를 일단 가는 것이 맞는지 원래 원했던 회사의 입사를 위해 더 준비하는 게 맞는지 모르겠다고 했다. 취업한 주변 친구들한테 물어보면 어떤 회사에 다니고 있어도 다 후회한다고 했다. 입사 후 일주일 만에 퇴사한 친구도 있단다.

"야근이 많을까요? 제가 버틸 수 있을지 모르겠어요. 일단 들어가 보고 아니라는 생각이 들면 바로 그만두려고요."

업무를 배우지도 않았는데 업무 강도를 걱정했다. 회사의 시스템을 모르는데 야근이 많을지, 연봉이 적은 건 아닌지 걱정했다. 본인이 버틸 수 있을지 모르겠다는 자신감 없는 말만 계속했다. 일단 입사는 하지만 다니면서 이직 준비를 하겠다고 했다.

"딱 한 달만 다녀보고 아니라는 생각이 들면 그만두려고요."

이건 아니라고 생각했다. 멘티가 나에게 조언을 구한 건지 그냥 푸념을 늘어놓은 건지는 모르겠지만 일단 나는 조언을 시작했다. 축하만 해주려고 나갔던 처음 마음과 다르게 쓸데없는 말을 너무 많이 했다.

'나도 꼰대가 되었구나.'

내가 꼰대가 되었다는 것을 말하면서 깨달았다. 내가 그렇게 싫어했던 꼰대가 되었다. 편한 것만 추구하려는 청년 세대가 안타까웠다. 20대~30대에 뼈를 갈아 넣어서 치열하게 살아야 실력이 올라간다. 반드시 내 업무와 관계된 것이 아니더라도 그 안에서 배울 수 있는 것이 많다. 영혼까지 갈아 넣어야 실력이 쌓이고, 그래야 40대 이후의 삶을 조금 더 편하게 살 수 있다. 노후 대비는 반드시 경제적인 것에만 해당되는 것이 아니다. 뛰어난 실력을 갖추고 철저하게 자기관리를 하는 사람이 되는 것이 진정한 노후 대비다.

나도 회사에 다닐 때는 일에 그렇게까지 열심히 집중하는 스타일이 아니었기에 내가 할 말은 아니라는 것은 알고 있지만 지나고 보니 너무 후회됐다. 업무, 대인관계 등에 최대한 집중하며 열심히 다녔다면 내 인생에 피가 되고, 살이 되는 것들을 얻을 좋은 기회였다. 나는 불평불만만 하면서 대충대충 일했다. 아무것도 아닌 상태로 회사 생활을 했다. 그 멘티와 같은 마음가짐으로 회사에 다녀봤고, 그렇게 하면 안 된다는 것을 알기에 더 안타까웠다. 내가 잘못 갔던 그 길을 가려고 하는 모습을 보니 어떻게든 말리고 싶었다.

사실 어떤 회사든 거기서 거기다. 멘티를 포함해 그의 친구들이 스스로 선택한 회사에 대해 후회하는 것은 명확한 가치관이 없기 때문이다. 평생 계획을 세워 놓지 않아서다. 본인 인생의 최종 목적지를 몰라서다. 내비게이션을 켜면 뭐 하나. 목적지가 없으니 이리 갔다 저리 갔다만 하는데. 이쪽으로 가도 후회, 저쪽으로 가도 후회다. 왜? 이쪽에 가면 다른 가치가 좋아 보이고, 저쪽에 가면 또 다른 가치가 좋아 보인다. 남의 떡이 더 커 보인다. 내 가치관이 명확하고 내가 어떻게 살 것이라는 계획이 있는 사람이라면 남의 떡을 보더라도 내 것과 비교하지 않는다. 내가 가는 길에서 내 떡을 어떻게 키울지를 고민하고 노력한다.

멘티 중의 한 친구는 노후까지 경제적으로 보장이 되는 회사를 선택의 기준으로 삼고 공공기관에 들어갔다. 그리고 후회했다. 그 친구는 왜 후회했을까? '노후의 경제적인 안정'이 그 친구가 중요시하는 가치관이라고 한다면 공공기관을 선택할 필요는 없었다. 오히려 사기업을 가거나 사업을 하는 것이 노후의 경제적인 안정에는 더 도움이 될 수 있다. 노후의 경제적인 안정을 위해서는 어차피 젊은 시절에는 죽을힘을 다해 뼈를 갈아 넣어야 한다. 그게 회사가 됐건, 투자나 다른 시스템을 통한 소득 확보가 됐건 자신이 정한 길에 뼈를 묻는다는 생각으로 해야 한다.

지금 당장 편하게 살고 싶어 하면서 노후의 경제적인 안정을 바라는 것 자체가 모순이다. 세상에 공짜는 없다. 공공기관이 노후의 경제적 안정에 도움이 될 것이라는 생각은 착각이다. 오히려 노후의 경제적 안정에는 최악인 곳이다. 직업의 '안정성' 측면에서만 사기업보다 아주 조금 좋을 뿐이다. 그것마저도 이제는 없어지려고 하는 추세다. 그는 자신이 추구하는 가치가 무엇인지 명확하게 모르는 상태에서 회사를 선택한 것이다.

'경제적 안정'을 추구한다고 하면서 경제적 안정을 보장해 주지 않는 회사에 간 것이다. 그러니 후회하는 것이다. 회사에 경제적 안정을 바라는 것이 아니라 스스로 어떻게 하면 내 노후의 경제적 안정을 보장할 수 있는 시스템을 구축할지를 고민해야 한다. 회사를 통해서든, 자신을 통해서든 상관없다. 그걸 정해야 업무에서도 방향을 설정할 수 있다.

자신을 돌아봐야 한다. 본인의 사명, 비전, 평생계획을 정해야 한다. 자신이 추구하는 가장 중요한 '가치'가 무엇인지도 알아야 한다. 그래야 방향이 명확한 선택을 하고 후회하지 않을 수 있다. 이것을 모르는 청년 세대를 바라보면 안타까운 마음이 들었다.

"꼰대"
권위적인 사고를 가진 어른이나 선생님을 비하하는 학생들의 은어
(출처 : 시사상식사전)

멘티와 이야기를 나누다 보니 나도 꼰대가 되었다는 사실을 깨달았다. 그냥 지켜보고 응원해 주면 될 것을 뭐가 잘났다고 그런 조언을 했는지 모르겠다. 어차피 직접 겪으면서 스스로 깨닫지 못하면 받아들이지도 못할 텐데. 반성했다. 내가 권위적인 생각과 태도로 그들에게 조언한 것이 아닌지 돌아봤다. 나 스스로는 권위적이지 않다고 생각하더라도 받아들이는 그들이 그렇게 생각하면 나는 그냥 꼰대일 뿐이다.

꼰대가 될까? VS 꼰대가 되지 말까?

많은 책에서 상대방이 원하지 않는 조언은 하지 말라고 한다. 굳이 해야 한다면 세 줄 안에 끝내라고 한다.

꼰대스럽지 않게 그들을 이끌어갈 방법을 찾아야겠다.

2

티끌은 원래 보이지 않는다

"작은 것이라도 모이고 모이면 나중에 큰 것이 된다."

'티끌 모아 태산'이라는 속담의 뜻이다. 우리는 전 지구, 우주에서 봤을 때 하나의 티끌에 불과하다. 티끌 같은 존재가 하는 하나의 행동은 티끌보다 못하다. 그렇다고 티끌을 무시하면 안 된다. 모이면 태산이 된다. 처음부터 태산인 것이 아니라 티끌이 모이고 모여 태산이 되는 것이다.

"새벽 기상을 하는 것이 무슨 의미가 있어요?"
"새벽 기상하면 인생이 바뀌어요?"

종종 듣는 질문이다. 16년 넘게 새벽 기상을 하는 나에게 사람들이 묻는다. 인생이 바뀌냐고. 사실 지금의 내 위치를 보면 그런 질문을 할 수 있다. 새벽 기상 그렇게 오래 했음에도 불구하고 나는 평범한 직장인이다. 특별히 성공한 것처럼 보이지도 않는다. 악착같이 사는 것 같은데 성공한 것도 아니라면 당연히 그런 의문이 들 것이다.

'저 사람은 새벽 기상을 그렇게 오래 했어도 그냥 평범한 직장인이네.'

오랜 기간 새벽 기상의 결과가 다른 사람들과 별로 차이가 나지 않는 월급쟁이라면 굳이 할 필요가 없다고 생각할 것이다.

내가 새벽 기상을 하면서 16년 동안 모았던 티끌은 대부분 인생을 바꾸는 일이나 나의 성과와 관련된 일이 아니었다. 대부분 운동이었다. 고시할 때는 헬스, 대학원에서는 농구 연습, 회사에서는 야구 연습, 골프 등이었다. 대부분 내가 좋아했던 취미, 특히 스포츠와 관련된 것들이었다. 그러니 내 인생이 바뀌지 않은 것이다. 아무 의미 없는 일이라고 할 수는 없다. 건강과 연관은 되어 있다. 하지만 핵심 역량과 관련된 것들은 아니었다.

지금은 새벽에 일어나 내 인생을 바꿀 수 있는 티끌을 모으고 있다. 이 글을 쓰고 있는 2021년 4월, 나의 하루는 4시 30분에 시작한다. 물론 상황에 따라 시간이나 루틴은 적절하게 변화시킨다. 어떤 시기에는 5시에 일어나기도 했고, 다른 몇 년 동안은 3시

30분에 일어나기도 했다. 주어진 상황에 맞게 새벽 시간을 활용했는데 대부분은 5시 이전에 시작했다.

새벽 4:30

눈을 뜨고 제일 먼저 단체 채팅방들에 들어가 새벽 인사 남긴다. 내가 운영하는 방과 참가하는 방을 합치면 10개가 넘는데 인사하는 데만 꽤 많은 시간이 걸린다. 인사를 남기면 이불을 정리한다.

새벽 4:40

나는 가족들이 깨지 않도록 조용히 주방으로 가서 물을 끓인다. 물이 끓는 짧은 시간에 나는 화장실로 가서 몸을 청결히 하고 다시 주방으로 돌아온다. 그사이 물이 다 끓었다.

새벽 4:45

마실 차를 준비한다. 차가 우러나는 동안 플랭크를 한다. 허리와 골반 부상 이후 다시 운동을 시작할 때는 1분으로 시작했다. 바디 프로필을 찍으며 몸을 회복하겠다는 의지로 지금은 3분 30초까지 플랭크 시간을 늘렸다.

새벽 4:50

우러난 차를 가지고 책상 앞에 앉아서 명상을 시작한다. 10~12

분 정도 호흡을 하며 명상한다. 명상을 할 때는 주로 명상 앱을 활
용한다.

새벽 5:00

내 목표를 10번 쓰고, 90번 외친다. 총 100번이다. 김승호 회장
님이 그렇게 하라고 해서 하고 있다. 처음에는 100번을 썼는데 45
분~50분이 걸려서 바꿨다. 그 시간에 다른 것에 집중하는 것이 낫
다고 판단했다. 10번 쓰고 90번 외치면 20분 내외로 가능하다.

새벽 5:25

운동하러 가기 전에 폼 롤러로 근육을 풀어주고 스트레칭도 간
단하게 한다. 나이가 드니 근육을 풀어주는 것이 훨씬 중요하다.

새벽 5:35

헬스장으로 이동한다. 집 근처에는 새벽에 여는 헬스장이 없어
서 차로 이동한다. 워낙 외진 곳이라 주변에 아예 헬스장이 없다.

새벽 5:50

헬스장에 도착해서 운동을 시작한다. 7시 10분 정도까지 걷기
와 근육 운동을 하고 10분~15 정도 폼 롤러로 근육을 풀어준다.
샤워 후 집에 돌아온다.

평일에는 특별한 일이 없으면 이런 루틴으로 새벽의 티끌을 모은다. 저녁에도 티끌을 모으는 루틴이 있다.

저녁 19:30

쌍둥이들에게 책을 읽어준다. 보통 두 권 정도 읽어준다. 저녁에 줌(Zoom) 강의가 있는 날은 못 읽어줄 때도 있지만 가급적 읽어주려고 한다. 두 권 읽고 쌍둥이들을 재운다.

저녁 20:30

강의가 없는 날은 독서를 하거나 글을 쓴다. 최근에는 코로나로 줌 강의가 많아져서 저녁 9시~10시에 진행하는 강의가 많다.

밤 21:30

내가 하는 강의안을 준비해야 할 때도 있다. 독서와 글쓰기를 모두 한 날은 강의안을 준비하기도 한다.

밤 22:30

습관, 독서, 시간 관리 등 운영하는 모임의 인증을 정리하거나 댓글을 단다. 한 번 밀리기 시작하면 나중에는 하지 않게 될 수 있어서 매일 꾸준히 한다. 미국 시장이 개장하는 걸 잠깐 보고 주문을 넣을 때도 있다.

밤 23:00

하루를 어떻게 보냈는지 체크한다. 아침, 점심, 저녁 정도에 잠깐씩 체크하기도 하지만 하루의 마무리 시간에 최종 점검이 필수다. 다음날 비어 있는 시간의 계획도 세세하게 세운다.

밤 23:30

가급적 밤 11시 30분에는 자리에 누우려고 한다. 마무리하다 보면 24시가 다 되어야 눕는 경우가 많다.

이불 정리, 차 마시기, 플랭크, 명상, 목표 100번 외치기, 글쓰기 등은 티끌에 불과할 수도 있다. 그것들이 내 인생을 얼마나 바꿔줄지, 나를 어떻게 성장 시켜, 어떤 성공의 길로 인도할지 알 수 없지만, 나는 매일 티끌을 모으고 있다.

우리는 매일 티끌을 모으고 있다. 어떤 티끌을 모을 것인가는 스스로 결정하는 것이다. 나처럼 16년 동안 티끌을 모았어도 핵심 역량이나 성과와 연관된 티끌을 모은 것이 아니라면 태산을 만들 수는 없다. 계속 여기저기 돌아다니면서 티끌을 모아도 태산은커녕 동산도 안 된다. 언덕도 안 될 수 있다.

어떤 태산을 쌓기로 했다면 티끌이 태산이 될 때까지 계속 쌓아야 한다. 쌓이고 있는지 아닌지 보이지 않을 것이다. 그래도 계속 쌓아야 한다. 티끌은 원래 눈에 안 보인다. 그걸 보려고 할 필요도 없다. 그냥 무식하게 쌓아야 한다. 10년 정도 쌓다 보면 어느 정도 올라온 게 보일 것이다.

나는 오늘도 태산이 될 티끌을 쌓는다.

태산도 처음에는 티끌이었다.

3

장애물을 피하는 법

살다 보면 많은 장애물을 만난다. 생각해 보면 우리 앞에는 항상 장애물이 있다. 무언가 하려고 하면 항상 그것들이 앞을 가로막는다. 지금 딱 떠오르는 장애물이 없다고 하면 아예 아무런 도전조차 하지 않았던 것이 아닐까. 앞으로 나아간 적이 없으니 장애물을 만난 적이 없는 것일 수도 있다.

"시간이 없어요."
"지금은 할 상황이 아니에요."
"할 수 있을지 자신이 없어요."

무언가를 하라고 제안을 하면 각자 여러 가지 이유들이 있다. 시간이 없거나, 상황이 되지 않거나 자신이 없거나. 새로운 것을 하는 것이 쉬운 것은 아니다. 당연히 장애물을 만난다. 이전까지 하지 않던 것을 하려니 불편할 수밖에 없다. 사람들은 시작하기 전부터 걱정하고 두려워한다. 장애물을 만나기 싫다. 힘드니까.

책 읽을 시간이 없으면 수면 시간을 30분~1시간 줄이면 된다. 핸드폰 만지는 시간을 줄이면 된다. 하루에 30분~1시간은 누구나 만들 수 있다. 잠을 줄이는 게 두려운가? 핸드폰 안 하는 것이 두려운가?

나는 16년째 새벽 기상을 하고 있다. 사람들은 내가 원래 잠이 없다거나 체력이 좋아서 새벽 기상을 잘 한다고 생각할 수도 있다. 아니다. 나도 대학생 때는 밤새 게임하고 놀았던 사람이다. 하지만 반드시 달성해야 하는 목표가 있어서 바꿨을 뿐이다. 잠을 지배하지 못하면 절대 아무것도 이룰 수 없다고 생각했다. 잠이라는 장애물을 피해 돌아가려고 하지 않았다. 그렇게 하면 무조건 질 것이라고 생각했다. 그냥 정면 돌파했다.

몸을 만들고 싶으면 식단을 조절하고 운동을 하면 된다. 식단 조절과 운동을 하지 않고 몸을 만들 수 있는 방법은 없다. 평생 거울 속에 비친 내 모습에 만족하지 못하며 살아야 한다. 밥 한 숟가락 덜 먹는 게 두려운가? 평소보다 조금 빠르게 걷는 것이 두려운가?

나는 허리와 골반을 다쳐 몇 년 동안 운동을 거의 하지 못했다. 사우디에서는 치료를 제대로 못 받았고 한국에 돌아와서 병원에 다니며 1년 넘게 치료를 받았지만 완전히 회복이 되지는 않았다. 예전의 운동 잘하던 몸이 그리웠다. 2021년 비전 보드를 만들며 '바디 프로필 찍기'를 넣었다. 남들한테 자랑하기 위한 몸 기록을 남기려는 게 아니었다. 건강한 몸으로 돌아가겠다는, 허리와 골반 통증이라는 장애물을 부숴버리겠다는 의지였다. 병원에서는 운동을 금지까지 시켰던 몸이다. 처음에는 운동을 하다가 또 다치면 어떻게 될까 두려웠다. 서서히 강도를 올리고 PT 선생님의 보조를 받으며 페이스를 끌어 올렸다. 두 달이 채 되지 않아서 허리 통증과 골반 통증이 거의 사라졌다. 다시 조금씩 달릴 수도 있게 되었다. 4년도 넘게 괴롭히던 통증들이 사라졌다. 나는 통증 장애물을 피하지 않았다. 이것도 그냥 정면 돌파했다.

"용기는 두려워하지 않는 것이 아니라 두려움을 안고 앞으로 나아가는 것이다."

새로운 것을 시작하려면 걱정도 들고, 할 수 있을지 생각하게 된다. 새로운 것을 하기 전에 두려움이 앞선다. 누구나 새로운 것보다 편하고 안전한 것을 추구한다. 그렇지만 성공한 사람들은 두려움을 감수하고 도전하고 나아간다. 장애물을 만날 때마다 피하거나 편한 길로 돌아가려고 하면 원하는 목적지에 도달할 수 없다.

"벽을 만나면 뛰어넘거나 망치로 때려 부수세요!"

나는 그 장애물을 뛰어넘거나 때려 부수라고 말한다. 다소 과격하지만 그렇게 해야 한다.

인생에서 장애물을 만나지 않는 법은 없다. 죽을 때까지 수많은 장애물을 만나야 한다. 같은 장애물을 여러 번 만날 수도 있고, 새로운 장애물을 만날 수도 있다. 인생은 장애물을 뛰어넘고, 극복하면서 살아가는 것이다. 장애물을 뛰어넘을 때마다 진정 살아있음을 깨닫게 될 것이다.

장애물을 만나면 뛰어넘자.
못 뛰어넘겠으면 그냥 부숴버리자.
돌아가는 것보다 뚫어버리는 게 빠를 수도 있다.

4

편한 삶 vs. 불편한 삶

"나는 언제 편해져?"

얼마 전에 내가 아내에게 물었다. 그리고 깨달았다. 나는 편하게 사는 것이 불가능하다는 것을. 나는 편안함을 추구하지 않는 사람이다. 배우는 것을 좋아하고, 배운 것을 나누는 것을 좋아한다. 사람들을 도와주는 것을 좋아한다. 성장하지 않고 제자리에 멈춰 있는 사람들을 보면 그들이 성장과 발전을 할 수 있도록 도와주고 싶다. 움직이지 않는 사람들을 움직이게 하려면 내가 먼저 움직여야 한다. 그럼 결국 나 자신을 불편한 환경에 밀어 넣어야 한다.

새벽 기상, 독서, 글쓰기, 강의 이런 활동을 굳이 하지 않아도 아무도 나한테 뭐라고 하지 않는다. 그럼에도 나는 한다. 어떤 이들은 편하게 살지 뭐 하러 그렇게 불편하게 사냐고 말할지도 모

르겠지만 나는 편하게 사는 것보다 불편할지라도 이렇게 사는 삶
이 더 가치 있다고 생각한다.

"이렇게 살면 정말 인생이 바뀌나요?"

새벽 기상, 독서, 글쓰기, 운동 등 자신을 성장시키기 위해 불편
한 상황에 밀어 넣고 치열하게 살려고 하는 사람들이 내게 종종
하는 질문이다. 편안함을 추구하고 성장하는 것을 멈춘 사람은
저런 질문을 하지 않는다. 그들은 이런 말을 한다.

"이 정도로 살면 됐지."
"이번 생은 망했어."
"그냥 즐기면서 살자."

이런 사람은 절대 바뀌지 않는다. 이미 자신의 한계를 짓고 있
으니까. 스스로 망했다고 생각하는 사람이 어떻게 자기 인생을 바
꿀 수 있겠는가? 그들은 항상 패배주의, 자기합리화에 젖어있다.

"몸이 편하면 마음이 불편하고, 몸이 불편하면 마음이 편하다."

몸이 고되고 힘들어도 성장하는 자신을 보면서 만족스러울 것
이기에 마음이 편하다. 그러나 몸이 편하면 자신이 남들보다 멈춰

있다는 생각에 마음이 불편하다. 편안하게 쉬고 있는 것처럼 보이지만 마음 한 구석이 불편하고 찝찝하게 된다. 편하게 사는 것보다 불편하지만 나를 성장시키며 사는 것이 나는 좋다.

"언제 편하게 살 수 있나?"

나는 평생 편하게 살긴 힘들 것이다. 나는 편한 것보다 불편한 삶이 더 좋으니까. 그리고 배우고 성장하며 사람들을 돕는 것이 내 사명이라고 생각하기에 나는 이러한 고민에 빠진 사람들을 위해 계속해서 불편하게 살아 갈 것이다.

힘든 여정이다.
그래도 나는 이 길을 가고자 한다. 나의 사명이기에.

5

나를 비웃는 사람들

부동산 투자를 제대로 시작하면서 목표를 하나 세웠다.

"2030년까지 총자산 100억 원 만든다."

이 문구를 출력해서 책상 앞에 붙여 놨다. 우리 집에 왔던 분들이 책상 앞에 붙어 있는 내 목표를 보고 허황된 목표라고 생각할 것 같아 조금 창피하기도 했다. 특히 부모님과 친척들이 그랬다. 우리 부모님은 회사나 열심히 잘 다니라고 하셨다. 장인, 장모님과 아내의 친척들도 무슨 말도 안 되는 소리냐고 하셨다.

장기 목표를 저렇게 세우고 중기, 단기 목표로 나눈 후 공표했다. 일단 1년 안에 총자산 20억 원을 만들 거라고 했다. 무조건 할 거라고 했다. 다들 비웃었다. 내 책상 앞에 붙어 있는 목표를 보시고 그냥 피식 웃으시는 분들이 많았다.

공부해보니 나는 충분히 가능할 것 같다는 판단이 섰다. 지금은 순자산과 현금흐름으로 목표를 변경했지만, 그 당시에는 아무 생각 없이 그냥 총자산으로 목표를 세웠다. 그리고 목표를 세분화했다. 머릿속으로 끊임없이 시뮬레이션을 돌리고 계획을 점검했다. 온종일 생각하고 또 생각했다. 심지어 자면서도 생각했다. 자다가도 갑자기 궁금한 것이 떠오를 때가 많았다. 워낙 모르는 내용이 많았으니까. 궁금한 게 생기면 일어나서 바로 책상으로 달려갔다. 날이 새도록 공부했다. 고시할 때보다 더 열심히 공부했다.

생각지도 못한 장애물들이 계속 앞을 가로막았다. 어떻게든 풀어야만 하는 문제들이었다. 하나를 해결하면 다른 장벽이 나타났다. 죽어라 공부해서 해결하면 또 다른 문제가 터졌다. 하나씩 하나씩 계속 해결해 나갔다.

"몇 시부터 일어나 있었어?"

아침에 일어난 아내가 종종 물었다. 글쎄… 나는 몇 시부터 일어나 있었는지 몰랐다. 잠이 드는 그 순간까지도 고민하고 이리저리 머리를 굴렸다. 자다가도 시도 때도 없이 일어나 책상으로 갔다. 궁금해서 잠을 잘 수가 없었다. 몇 시간을 잤는지도 모른다. 공부하면 할수록 확신이 들었고 실행할 수 있는 용기도 생겼다. 투자하다 보니 겪지 않아도 되는 문제들을 많이 만나게 됐다. 머리를 쥐어뜯고 가슴을 치는 상황도 발생했다. 양가 부모님들은 내가 고통스러워하는 모습을 보며 그만하라고 하셨다.

그러나 나는 그분들의 말씀을 따르지 않았다. 평생 투자를 해본 적이 없는 분들이기에… 그래서 그분들은 60~70세가 된 지금도 가난하게 살고 계셨다. 죄송하지만 현실이다. 부모님과 똑같은 방식으로 살면 내 미래의 모습은 뻔했다. 나는 달성해야 하는 목표가 있었다. 되고 싶은 미래의 모습이 있었다.

그리고 결국 1년 안에 총자산 20억 원을 달성하겠다는 목표를 이루었다. 1년도 채 걸리지 않았다. 물론 훌륭한 멘토를 만나기도 했고, 주변에 함께 공부하는 좋은 분들이 있어서 생각보다 빨리 달성할 수 있었다. 혼자 했으면 훨씬 늦었을 것이다. 정말 감사했다.

"내가 달성한다고 했지?"

어느 날 자산을 계산하다가 목표를 초과 달성했다는 사실을 알게 됐다. 아내에게 목표를 달성했다고 얘기했다. 나를 제외하고 내 목표를 비웃지 않았던 사람은 아내밖에 없었다. 아내는 끝까지 나를 믿었다.

내가 공표했던 목표를 정말 달성한 것을 보자 주변 사람들의 태도가 달라지기 시작했다. 부모님, 아내의 친척들이 질문하기 시작했다. 나를 비웃던 분들이 어떻게 해야 하냐고 내게 조언을 구했다.

사람들은 저마다 이루고 싶은 꿈이 있다. 그리고 목표를 세운다. 물론 허황된 목표일 수도 있다. 그 목표를 위해 실행하려는 순간 주변에서 만류하기 시작한다. 그들 눈에는 위험해 보이기 때문이다. 기억하자. 조언하고 만류하는 사람들은 그 길을 가본 사람들이 아니라는 사실을…

내가 가고자 하는 길을 가보지 않은 사람의 말은 듣지 않아도 된다. 알지도 못하고 해본 적도 없는 사람의 조언은 아무런 필요가 없다. 목표를 이루면 그들도 자신들의 조언이 잘못되었다는 것을 깨닫게 된다. 내가 가고자 하는 길은 나만의 길이다. 다른 사람의 말은 신경 쓰지 말고 내 길만 가면 된다. 그리고 그냥 증명해내면 된다. 내가 가는 길이 옳았다는 것을…

6

평생계획

2020년에 나와 가족의 평생계획을 작성했다. 나, 아내, 쌍둥이, 셋째의 나이를 연도별로 쓰고 10년 단위로 분야별 계획을 썼다. 예전에 몇 번이나 작성했고 수정했었는데 더 구체적으로 하려니 쉽지 않았다. 다 작성하고 나니 이렇게 뿌듯할 수가 없었다.

내가 평생계획을 처음 작성한 것은 결혼 직후다. 그 이전에는 머릿속으로 막연하게만 그렸다. 결혼식 주례 선생님 내외와 결혼식 이후에 식사를 잡았다. 우리 부부의 결혼식 주례를 봐주셨으니 앞으로의 내 인생 계획에 대해 말씀드리는 것이 좋겠다고 생각해서 문서로 작성해서 보여드렸다.

그 이후로는 평생계획을 크게 신경 쓰지 않고 살았다. 생각나면 어쩌다 한두 번 봤던 것 같다. 지금 돌아보니 그때 계획대로 된 것도 있고 아닌 것도 있다. 시기의 차이는 조금 있지만 아이 세 명을 갖겠다는 것과 경제적인 부분은 달성했다. 역시 적으면 이루어 진다고 하는 말이 사실인 것 같다.

30대 후반에 좋은 멘토를 또 한 분 만났다. 그분께서 내 인생의 마스터 플랜을 작성해보라고 하셨다. 예전에 주례 선생님께 써서 보여드렸던 것이 생각나서 꺼내 봤다. 참 많이 돌아왔다는 것을 느꼈다. 그 계획대로 살려고 세부 계획을 세우지도 노력을 하지도 않았다는 것을 깨달았다. 직장 일에 치여 쌍둥이 육아에 정신이 없어 방향을 잃었다.

마스터플랜을 다시 작성했다. 사명도 적고 더 구체적으로 5년 단위로 끊어서 작성했다. 아내, 쌍둥이, 셋째의 나이까지 모두 기록해서 계획을 짰다. 2020년 말에 3P 코치 과정을 들으며 또 평생계획을 다시 작성했다. 사람들은 이런 계획을 쓰는데 시간 쓰는 것을 아까워한다. 주로 이런 반응이다.

"그런 계획 쓰고 있을 시간에 하나라도 일을 더 하는 게 낫겠다."

내 생각에 이런 데 시간 쓰는 것이 아깝다고 말하는 것은 핑계 같다. 그냥 머리 쓰는 게 싫은 것이 아닐까 싶다. 현재의 초라한 내 모습을 직시하기 싫은 것일 수도 있다. 무계획으로 살아왔던 내 삶. 목적지도 모르는 인생. 사명, 비전도 없이 마구잡이로 살아가는 내 모습. 바라보고 싶지 않을 것이다.

막연하더라도 내 인생의 종착지를 정해놓고 가는 사람과 그냥 되는대로 열심히만 사는 사람은 차이가 있다. 내비게이션이나 지도도 없이 목적지를 찾아가겠다고 하는 것과 똑같다. 열심히 가다 보니 '이 길이 아닌가 봐'라고 말하게 될 수도 있다. 인생은 길을 찾는 것처럼 쉽게 되돌리기 힘들 수도 있다. 되돌리는데 너무 많은 에너지를 소모해야 할 수도 있다.

내 현재 위치도 정확하게 파악해야 한다. 지도와 목적지는 있는데 지금 내가 있는 위치를 모르면 어떻게 길을 찾겠다는 것인가. 내 위치를 객관적으로 들여다보면 가슴이 아파질 수도 있다. 내가 어쩌다가 여기까지 왔는지 자책할 수도 있다. 그래도 해야 한다. 그 고통을 마주하고 들여다봐야 한다. 그래야 길을 찾는 여정을 시작할 수 있다.

나는 나의 평생계획을 사람들과 공유했다. 한 선배님께서 내 평생계획을 보시고 좋은 말씀을 해주셨다. 사실 누구에게 보여주려고 작성한 것은 아니었는데 보신 분께서 이런 반응을 해주시니 조금 놀랐다. 특히 아내와 관련된 부분에서 공감을 많이 해주셨다.

"둥빠님 평생계획은 감동이고 본보기가 됩니다. 제 남편도 정말 좋은 사람, 괜찮은 남편인데 아내에 대한 둥빠 선배님의 사랑과 준비를 보니⋯ 10년만 젊어져서 인생계획을 세워보라고 하고 싶네요."

"왜 자신의 계획을 공유하고 함께 나누라고 하는지 이유를 알 것 같습니다. 선배님의 계획에서 보고 배우고 다시 업그레이드하게 되네요. 잠시 쓰길 멈춘 평생계획 저도 써서 올리겠습니다."

내 평생계획에는 아내에 대한 내용이 많이 나온다. 인생의 마무리는 아내다. 나는 아내에게 진 빚이 많다. 나 때문에 살면서 굳이 겪지 않아도 되는 일을 너무 많이 겪었다. 60대 이후로는 아내에게 최대한 집중하고 헌신하려고 한다.

내 최종 목적지는 결국 아내다. 내가 사회로부터 가져온 부는 아내 이름으로 사회에 환원하려고 한다. 현재 내가 가진 모든 것, 앞으로 가질 모든 것도 아내 덕분이다. 쌍둥이, 셋째, 손주들, 내 인생 스토리와 책, 내 빌딩, 사무실 등. 모두 아내가 가져다줬고 만들어 줄 것이다. 그래서 내가 가진 모든 것은 아내 이름으로 사회에 환원할 계획이다.

나는 지금 아내에게 좋은 남편은 아니다. 알고 있다. 따뜻한 말한마디도 잘 못한다. 이번 기회에 아내에게 사랑한다고, 함께 해 줘서 고맙다는 마음을 전하고 싶다.

사랑하는 아내와 아이들이 있어서 감사하다. 내 평생계획에 그들이 없다면 아무 의미도 없다. 나의 평생계획은 가족이 있기에 가치가 있다. 내 삶도 마찬가지다.

에필로그

단무지 법칙, 72의 법칙

성공한 사람들을 보면 공통점이 한 가지 있다.

"단무지. 단순, 무식, 지속"

그들은 자신의 분야에서 단순하고 무식하게 지속하는 힘이 있다. 일반인은 상상하지도 못할 노력을 장기간 쏟아 부었다. 대부분의 사람은 성공의 결과만 놓고 그들이 피땀 흘려 노력한 과정은 잘 보려고 하지 않는다. 그것을 인정하는 순간 나도 그와 같이 길고 힘든 과정을 견뎌야 하기 때문이다. 보통 3년은커녕 3개월, 3주도 지속하지 못하는 경우가 많다. 작심삼일이라는 말이 괜히 나온 것이 아니다.

3일 = 72시간

3일은 72시간이다. 72라는 숫자는 굉장히 매력적이다. '72의 법칙'을 들어봤을 것이다. 복리를 전제로 우리의 자산이 2배로 불어나는 시간을 계산하는 쉬운 법칙이다. 예를 들어, 6%의 복리 수익률로 어느 정도 기간이 지나면 내 자산이 2배로 불어나는지 계산하려면 다음과 같이 하면 된다.

자산이 2배가 되는 기간 = 72 / 수익률

즉, 72/6=12년이다. 6%의 복리 수익률로 투자했을 경우 자산은 12년 뒤에 2배가 된다. 나는 저 공식을 이렇게 바꾸고 싶다.

내가 성공하는 데 걸리는 기간 = 72 / 노력률

내가 투입하는 노력률이 6%면 12년 뒤에 성공하게 된다. 노력률을 12%로 두 배로 늘리면 6년 뒤에 성공하게 된다. 단, 복리다. 지속해야 한다. 중간에 노력을 빼거나 노력률을 줄이면 성공하는 데 필요한 기간은 늘어나게 된다.

보도 섀퍼의 「열두 살에 부자가 된 키라」에서는 '72의 법칙'을 다른 식으로 소개했다.

"뭔가를 계획했다면 72시간 이내에 실행에 옮겨야 한다."

3일 이상 지나가면 결국 실행하지 않게 된다. 실행하지 않으면 지속할 것도 없다. 정말 뻔하다. 성공을 원하면 실행하고 지속하면 된다. 내가 했던 실패의 원인은 두 가지로 압축된다. 실행하지 않았거나 될 때까지 지속하지 않았다. 그것을 깨닫고 바꿨다.

"나는 행동파다! 나는 단무지다!"

이 말을 입에 달고 살았다. 말을 그렇게 내뱉으니 실제 모습도 바뀌기 시작했다. 1만 시간의 법칙, 72의 법칙, 단무지 법칙을 바로 적용했다. 너무 식상하다고 할 수도 있지만 이게 성공으로 가는 유일한 길이다. 내가 경험한 바로는 그렇다. 시간, 이름, 행동, 의지의 무게를 견디는 단 하나의 방법이다.

글을 읽으면서 당신의 가슴 속에 떠오르는 한 가지가 있었을 것이다. 치열하게 노력해서 이루고 싶은 그것. 바로 그것을 72시간의 법칙을 활용해 실행하고 지속하길 바란다. 3일 이내에 시작하자. 72의 법칙을 통해 계산한 당신만의 노력률을 투입하면 목표한 기간 내에 이룰 것이다.

다소 투박한 이 책이 당신이 앞으로 겪을 삶의 무게를 조금이나마 덜어주길 바란다.

인생의 단무지 법칙

초판인쇄	2021년 8월 11일
초판발행	2021년 8월 17일
지은이	행운둥빠
발행인	조현수
펴낸곳	도서출판 더로드
기획	조용재
마케팅	최관호 백소영
편집	권 표
디자인	호기심고양이
주소	경기도 고양시 일산동구 백석2동 1301-2
	넥스빌오피스텔 704호
전화	031-925-5366~7
팩스	031-925-5368
이메일	provence70@naver.com
등록번호	제2015-000135호
등록	2015년 06월 18일

정가 15,000원

ISBN 979-11-6338-174-7 03810